CW01647810

UitKijKdeK
ReuzenKatapult
Limonade-
fontein
SpeelKamer
SlaapKamer
van Andy
KeuKen
HoofddeK
Doorzichtig
zwembad

De WAANZINNIGE BOOMHUT VAN 13 VERDIEPINGEN

ANDY GRIFFITHS
en TERRY DENTON

Vertaald door
EDWARD VAN DE VENDEL

Lannoo

INHOUD

HOOFDSTUK 1

DE BOOMHUT VAN 13 VERDIEPINGEN

Hoi, ik heet Andy.

Dit is mijn vriend Terry.

We wonen in een boom.

Maar als ik zeg 'boom', dan bedoel ik boomhut. En als ik zeg 'boomhut', dan bedoel ik geen oud gammel hutje – dan bedoel ik een boomhut *met 13 verdiepingen!*

Dus waar wacht je nog op?
Kom maar naar boven!

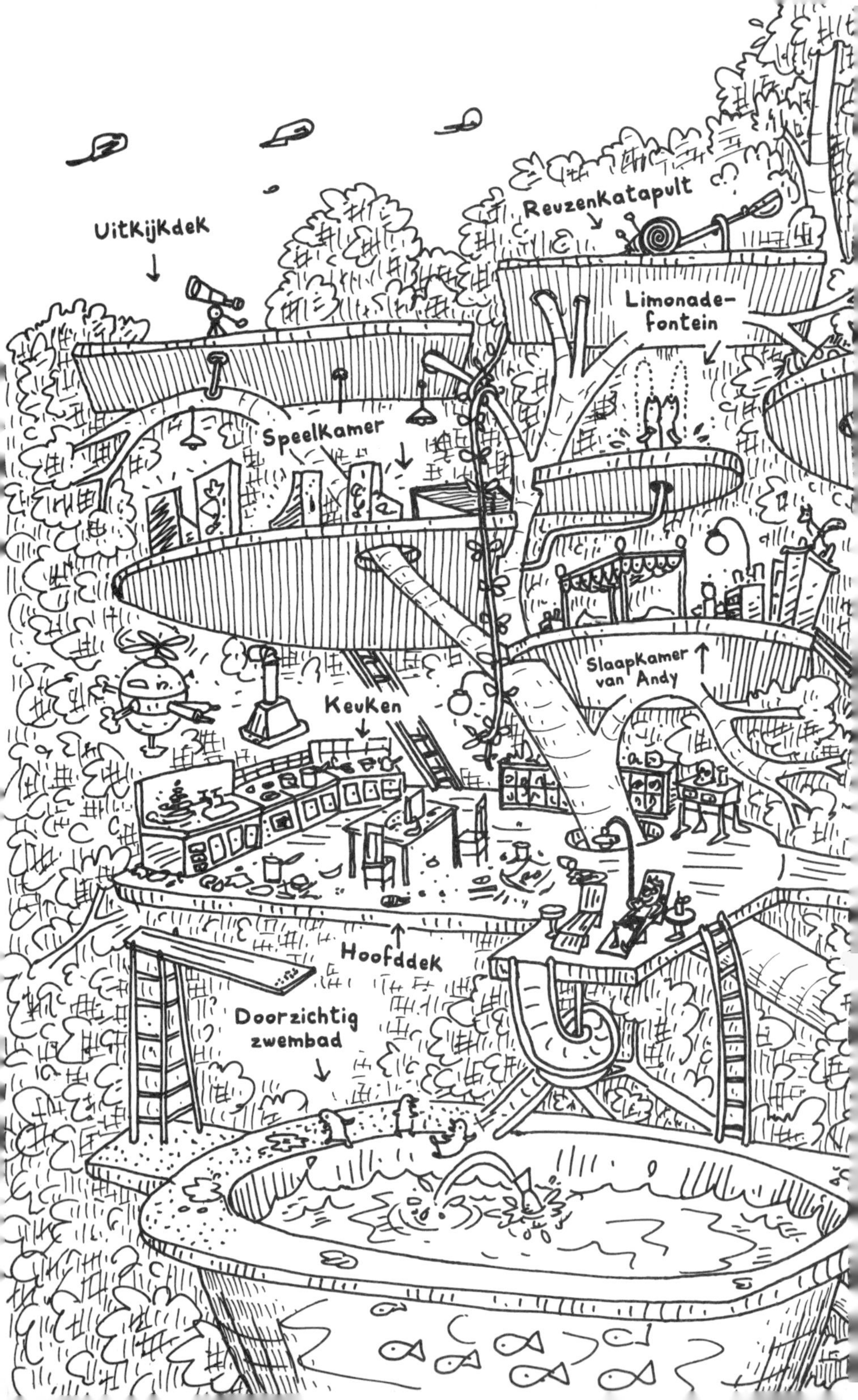
UitKijKdeK
ReuzenKatapult
Limonade-
fontein
SpeelKamer
SlaapKamer
van Andy
KeuKen
Hoofddek
Doorzichtig
zwembad

SlaapKamer van Terry
Slinger-lianen
Film- en boeKenKamer
BadKamer
Bowling-baan
Aquarium met mensenetende haaien
NAAR GEHEIM ONDERGRONDS LABORATORIUM

We hebben een bowlingbaan,

een doorzichtig zwembad,

een aquarium vol met mensenetende haaien,

slingerlianen,

een speelkamer,

een geheim ondergronds laboratorium,

een limonadefontein,

een groenteverdamper,

en een marshmallowmachine, die achter je aan rijdt en automatisch marshmallows in je mond schiet wanneer je honger hebt.

De boomhut is niet alleen de plek waar we wonen. We bedenken er ook onze boeken. Ik schrijf de tekst en Terry maakt de tekeningen.

Zoals je ziet zijn we daar al een tijdje mee bezig.

HOOFDSTUK 2

DE VLIEGENDE KAT

Net als bijna al onze lezers vraag jij je waarschijnlijk af waar wij de ideeën voor onze boeken vandaan halen. Nou, soms verzinnen we ze gewoon. Maar af en toe zijn ze gebaseerd op iets dat werkelijk is gebeurd. Zoals in *dit* boek.

Het begon allemaal op die morgen dat ik opstond en naar beneden ging voor het ontbijt.

Terry was al in de keuken. Hij schilderde een kat. En als ik zeg ‘hij schilderde een kat’, dan bedoel ik niet dat hij een *schilderij* van een kat aan het maken was. Hij schilderde *echt* een kat! Lichtgeel!

‘Misschien een stomme vraag, Terry,’ zei ik, ‘maar waarom ben je die kat lichtgeel aan het schilderen?’

‘Ik verander hem in een kanarie’, zei hij.

Ik begon Terry uit te leggen dat je een kat niet in een kanarie kunt veranderen door haar lichtgeel te schilderen, maar hij zei alleen maar: 'Jawel, hoor. Kijk maar!' en droeg de druipende kat naar de rand van het dek.

Ik riep: 'Nee!' maar Terry hield de kat al in de lucht… en liet haar vallen.

Ik had me geen zorgen hoeven te maken. De kat viel niet. Er plopten twee kleine vleugeltjes uit haar rug en daarna floot ze even en vloog ervandoor.

'Zie je wel?' zei Terry triomfantelijk. 'Ik zei het toch?'

DE DAG DAT TERRY DE KAT IN EEN KANARIE VERANDERDE

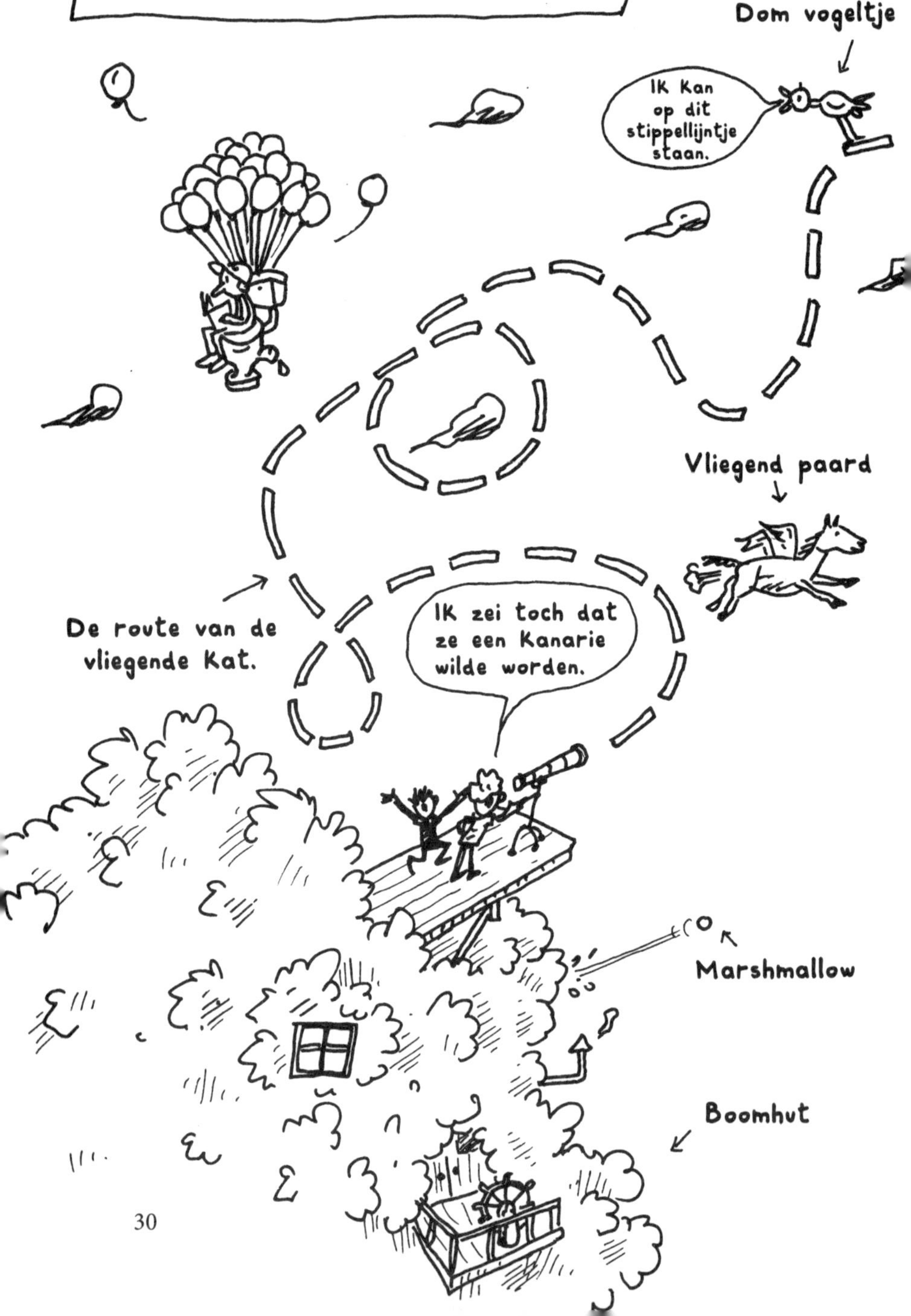

Vliegende Kat/
Kanarie
Mama, ik zie een vliegende Kat.
Niet van die gekke dingen zeggen, Mimi.
Wonderbaarlijk!
Verbaasd vogeltje
Roze flamingo
Jockeyaapje
Is het een Kat?
Is het een Kanarie?
Is het een Katnarie?
Ik ben gek op Katnaries.
Ik ben gek op mijn nieuwe Kapsel.
Ik weet niet wat het is. Ik zie niks door al die tekstballonnetjes.

HOOFDSTUK 3

DE VERMISTE KAT

We volgden de kat... ik bedoel kanarie... nee, eigenlijk bedoel ik, geloof ik, *katnarie*... tot we haar niet meer konden zien. Toen ging de deurbel.

Daar stond Jill, onze buurvrouw. Ze woont aan de andere kant van het bos in een huis vol met dieren. Ze heeft twee honden, een geit, drie paarden, vier goudvissen, één koe, zes konijnen, twee cavia's, één kameel, één ezel en één kat.

'Oh-oh', zei Terry. 'Die is op zoek naar haar kat!' Ik zei: 'Je gaat me toch niet vertellen dat het *Zoetje* was die je daarnet in een kanarie hebt veranderd!'

'Oké, doe ik niet,' zei Terry, 'maar het is wel zo.' Dat was slecht nieuws. Jill was gek op die kat. Ze hield van al haar dieren, maar vooral van Zoetje.

'O nee!' zei ik. 'Ze wordt echt heel kwaad als ze te weten komt wat jij gedaan hebt.'

'Misschien moeten we niks zeggen.'

'Goed idee', zei ik. 'We doen net of we niet thuis zijn.'

We hielden ons stil, maar je
in een boomhut verstoppen is
nog niet zo gemakkelijk.

‘Kom maar tevoorschijn’,
riep Jill. ‘Ik hoor jullie.
En ik zie jullie ook.
Zoetje is verdwenen en
ik vroeg me af of jullie haar
misschien hebben gezien.’

‘Nee,’ zei ik snel, ‘hier is ze niet.’

Voordat je gaat denken dat ik iemand ben die van liegen houdt, wil ik er eerst even op wijzen dat het eerste gedeelte van mijn zin ('Nee') *technisch* gezien misschien wel gelogen was, maar het tweede gedeelte ('Hier is ze niet') was *absoluut* de waarheid, en dus telde het leugentje niet.

'O', zei Jill bedroefd. 'Nou ja, in elk geval: ik heb een kat-vermist-poster gemaakt. Mag ik die op jullie boom hangen?'

'Natuurlijk', zei ik. 'Dat is wel het minste dat we kunnen doen.' (Wat ook absoluut 100 procent waar was.)

KAT VERMIST!
ZOETJE
Zo ziet ze eruit
Lieve kleine oortjes
Prachtige groene ogen
Schattige snorharen
Superzachte witte haartjes
HOUDT VAN: kattenbrokjes, knuffelen, katten op tv
HOUDT NIET VAN: honden, water, vlooien, afgesloten kattenluikjes
GROTE BELONING!! Bel Jill

Zodra Jill weg was, draaide ik me naar Terry om en zei: 'We *moeten* die kat vinden!'

'Je bedoelt *kanarie*', zei Terry.

'Maakt niet uit!' zei ik. 'We moeten haar vinden.'

Maar voordat we zelfs maar konden beginnen met zoeken ging onze videofoon. (Ja, die hebben we ook. En hij is 3D!)

'Daar zul je Zoetje hebben', zei Terry.

'Doe niet zo stom', zei ik. 'Katten kunnen niet bellen.'

'Misschien wel, hoor', zei Terry. 'Jij zei dat ze niet in een kanarie konden veranderen en toen vergiste je je ook.'

HOOFDSTUK 4

DE GROTE RODE NEUS

We raceten weer naar boven. Op het scherm van de videofoon zagen we een grote rode neus. Oh-oh. Dat was Meneer Grootneus, onze uitgever. En hij was boos. Dat kon je zien aan zijn neus, die nog groter – en roder – was dan normaal.

Hij schreeuwde: 'WAAR IS MIJN BOEK?'

'Welk boek?' vroeg Terry.

'Het boek waarvan jullie me een jaar geleden hebben beloofd dat het afgelopen vrijdag op mijn bureau zou liggen!'

'O', zei Terry. 'Is het al afgelopen vrijdag dan?'

'Afgelopen vrijdag is al VOORBIJ!' schreeuwde Meneer Grootneus. 'HEEL ERG VOORBIJ, en jullie boek ligt NOG ALTIJD niet op mijn bureau!'

Eerlijk gezegd waren we dat boek een beetje vergeten. We liepen een eindje achter op schema. En als ik zeg 'een eindje achter op schema', dan bedoel ik een *enorm* eindje achter op schema. En als ik zeg 'een enorm eindje achter op schema', dan bedoel ik een *ONGELOOFLIJK ENORM* eindje achter op schema.

Maar dat hoefde Meneer Grootneus niet te weten. Hij was al flink boos en hoe bozer hij wordt, des te groter wordt zijn neus. En als zijn neus nog groter werd, zou hij misschien wel exploderen. Dat is niet iets dat ik wilde zien gebeuren – vooral niet in 3D.

HIERBOVEN: *weergave van hoe het exploderen van Meneer Grootneus eruit zou zien.*

'Geen probleem, Meneer Grootneus', loog ik. 'Alles onder controle. We sturen het u zo snel mogelijk.'

'Dan hoop ik dat jullie met *zo snel mogelijk* morgenmiddag vijf uur bedoelen, want anders...!'

'Geen zorgen, Meneer Grootneus', zei ik. 'Het zal er absoluut zijn. Op ons kunt u rekenen!'

'Maar...' zei Terry.

Ik maakte snel een eind aan het telefoontje voordat Terry iets kon zeggen dat Meneer Grootneus nog bozer zou maken dan hij al was.

‘Dat had je hem niet moeten beloven’, zei Terry. ‘Ik heb het veel te druk om morgen alles af te hebben. Kijk hier, mijn lijstje van wat ik nog moet doen. Ik zit vol!’

‘En dan heb ik het nog niet eens over mijn lijstje met wat ik niet moet doen.’

'Je legt je lijstjes met wat je wel en niet moet doen maar even opzij', zei ik. 'Als we dit boek niet afkrijgen, moeten we terug naar het apenhuis.'

'Het apenhuis?' vroeg Terry. Hij schrok zich dood. 'Ik wil niet naar het apenhuis! Dat is *verschrikkelijk!*'

Voor degenen onder jullie die niet weten wat het apenhuis is: daar werkten we vroeger, Terry en ik. Een vreselijk baantje.

Het apenhuis schoonmaken was erg…

de apen verzorgen was erger…

maar het ergst van alles was moeten invallen voor de apen wanneer die pauze hadden.

‘Ik ga *niet* terug naar dat apenhuis’, zei Terry, ‘en daarmee basta.’

‘Als we ons boek afkrijgen, hoeft dat ook niet’, zei ik. ‘Kom op, aan het werk. We hebben nog tot morgen!’

HOOFDSTUK 5

DE TEKENWEDSTRIJD

We gingen naar de keukentafel. Daar werken we meestal. Of, om precies te zijn: het afgelopen jaar werkten we daar meestal *niet*.

Maar dat gingen we snel goedmaken. Ik dacht dat Terry wel een paar grappige ideetjes in zijn tekenmap had, daar konden we dan mee beginnen. Dan hoefden we alleen maar de beste uit te zoeken, er een paar woorden bij te zetten en klaar is Kees, een nieuw boek. Geen probleem, geen zorgen. We zijn tenslotte beroepsboekenschrijvers. Je hebt onze boekenstapel op bladzijde 24 toch gezien?

VOOR HET GEVAL DAT JE BLADZIJDE 24 HEBT OVERGESLAGEN: ZO ZAG DIE ERUIT.

‘Oké,’ zei ik, ‘laat maar zien wat je hebt!’

Terry sloeg zijn tekenmap open en legde hem plat op de tafel. ‘Dit ga jij heel leuk vinden’, zei hij.

Wat ik voor me zag was een tekening van een vinger.

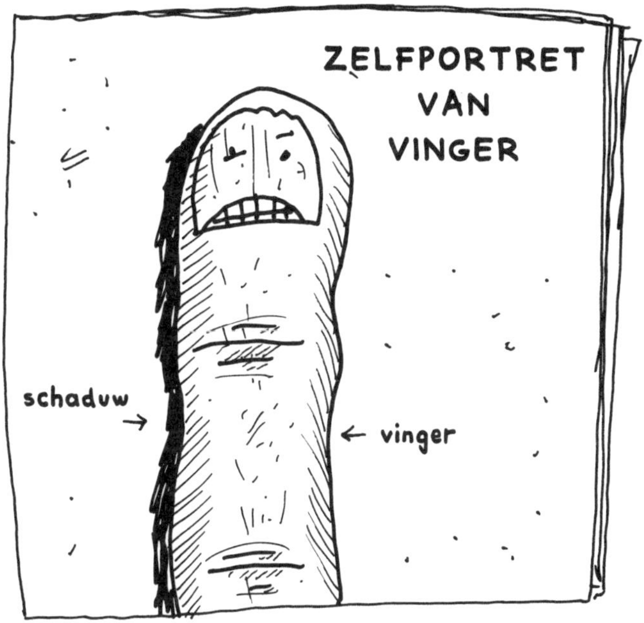

‘Dat is gewoon een tekening van een vinger’, zei ik.

‘Ja,’ zei Terry trots, ‘maar niet *zomaar* een vinger. Het is *mijn* vinger.’

‘Maar dat is helemaal niet grappig’, zei ik. ‘Heb je nog meer?’

‘Ik heb een *close-up* van mijn vinger’, zei Terry. ‘Met pijltjes ernaast.’

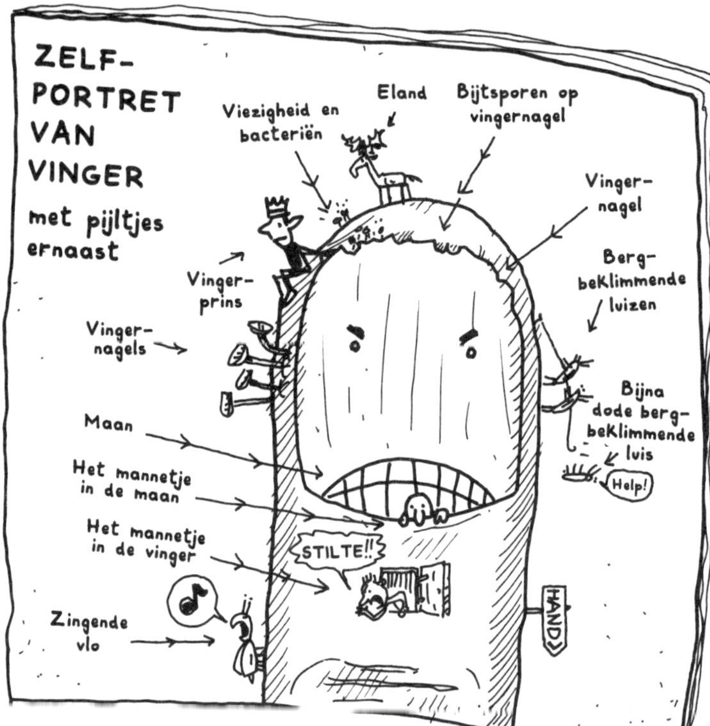

Ik staarde ernaar.

‘En?’ vroeg Terry, met een grote grijns op zijn gezicht. ‘Wat vind je ervan? Vinger*prins,* snap je ’m? Niet *prints,* maar *prins!*’

‘Ja, ik snap ’m’, zei ik. Ik sloeg de bladzijden om, op zoek naar andere tekeningen, maar alles wat ik zag was dit…

en dit…

en dit…

‘Is dat alles?’ zei ik. ‘*Twee* tekeningen? Alles wat je in een heel jaar hebt gemaakt zijn twee tekeningen? Dat meen je niet, Terry! Dus jij vindt dat ik het hele werk maar moet doen – de tekeningen en ook de tekst?’

‘Natuurlijk niet,’ zei Terry, ‘jij *kunt* niet eens tekenen.’

‘Dat kan ik wel!’ zei ik. ‘Tekenen is makkelijk. De woorden verzinnen, dat is het echte werk.’

‘Als jij denkt dat tekenen zo makkelijk is, dan doen we een wedstrijdje’, zei Terry. Hij gaf me een potlood.

‘Geen probleem!’ zei ik.

Eerst tekenden we een mes.

‘Dat is geen mes’, zei Terry. ‘*Dit* is een mes.’

Toen tekenden we een worm.

'Dat is geen worm', zei Terry. '*Dit* is een worm.'

Toen tekenden we een banaan.

'Dat is geen banaan', zei Terry. '*Dit* is een banaan.'

'Nee,' zei ik, '*dat* is geen banaan. *Dit* is een banaan!'

Ik pakte de reuzenbanaan die Terry de dag ervoor had gemaakt en begon uit te halen.

'Leg die reuzenbanaan neer, Andy', zei Terry. Hij deed een stap naar achteren.

'Ik leg hem neer,' zei ik, 'als jij toegeeft dat ik een betere tekenaar ben dan jij.'

'Maar dat ben je helemaal niet.'

'Oké,' zei ik, 'dan spijt het me je te moeten meedelen dat ik je een knots op je kop ga verkopen.'

'Niet als ik jou eerst ga knotsen!' zei Terry, en hij griste de banaan uit mijn handen en gaf me een klap op mijn hoofd.

Toen werd alles zwart.

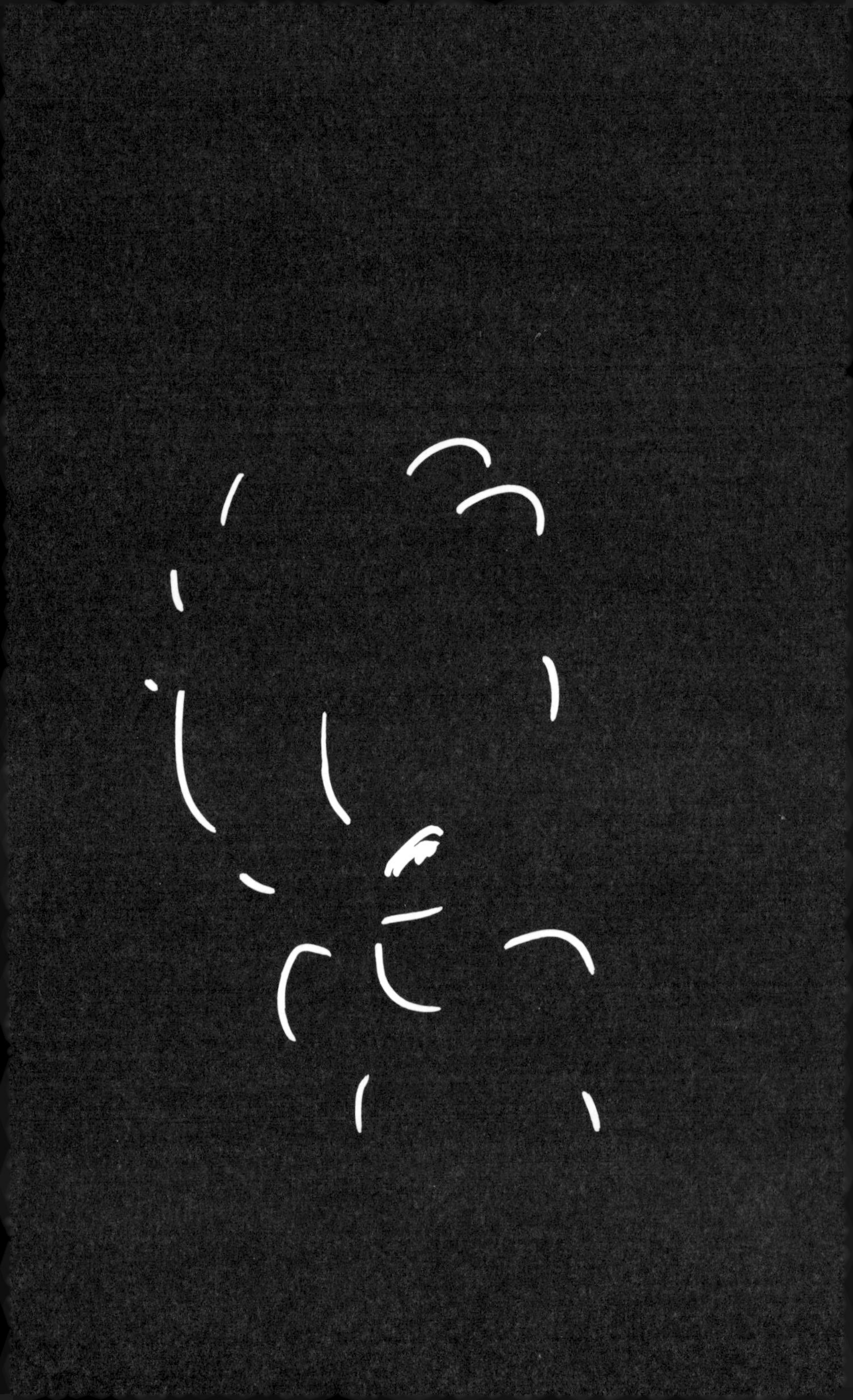

Het eerste dat ik daarna weer wist, was dat ik kletsnat naar Terry keek, die voor me zat en een lege emmer in zijn handen had.

'Ik ben zo blij dat je niet dood bent!' zei hij. 'Ik dacht dat ik je had vermoord.'

'Dat dacht ik ook', zei ik. 'Ik kan bijna niet geloven dat je me met een reuzenbanaan hebt geknotst!'

'Dat kwam omdat jij mij wilde knotsen!'

'Als ik iets doe, hoef jij het toch niet te doen?' zei ik.

'Nee, misschien niet,' zei hij, 'sorry. Maar bekijk het eens van de vrolijke kant. Ik heb je leven gered door een emmer water over je heen te smijten!'

'Maar nu ben ik helemaal nat!'

'Ja, maar dat is beter dan helemaal dood.'

'Weet je wat?' zei ik. 'Als we niet ophouden met tijd verspillen en in plaats daarvan ons boek gaan afmaken, zijn we sowieso bijna dood.'

'Je bedoelt ons boek gaan beginnen', zei Terry. 'Heb jij niet iets op je schrijfblok staan?'

'Nu je het zegt', zei ik. 'Ik heb een paar beginregels van een verhaal. Dat wordt vast goed.'

'Mooi', zei Terry. 'Laat maar zien!'

Ik pakte mijn schrijfblok en sloeg een paar bladzijden om.

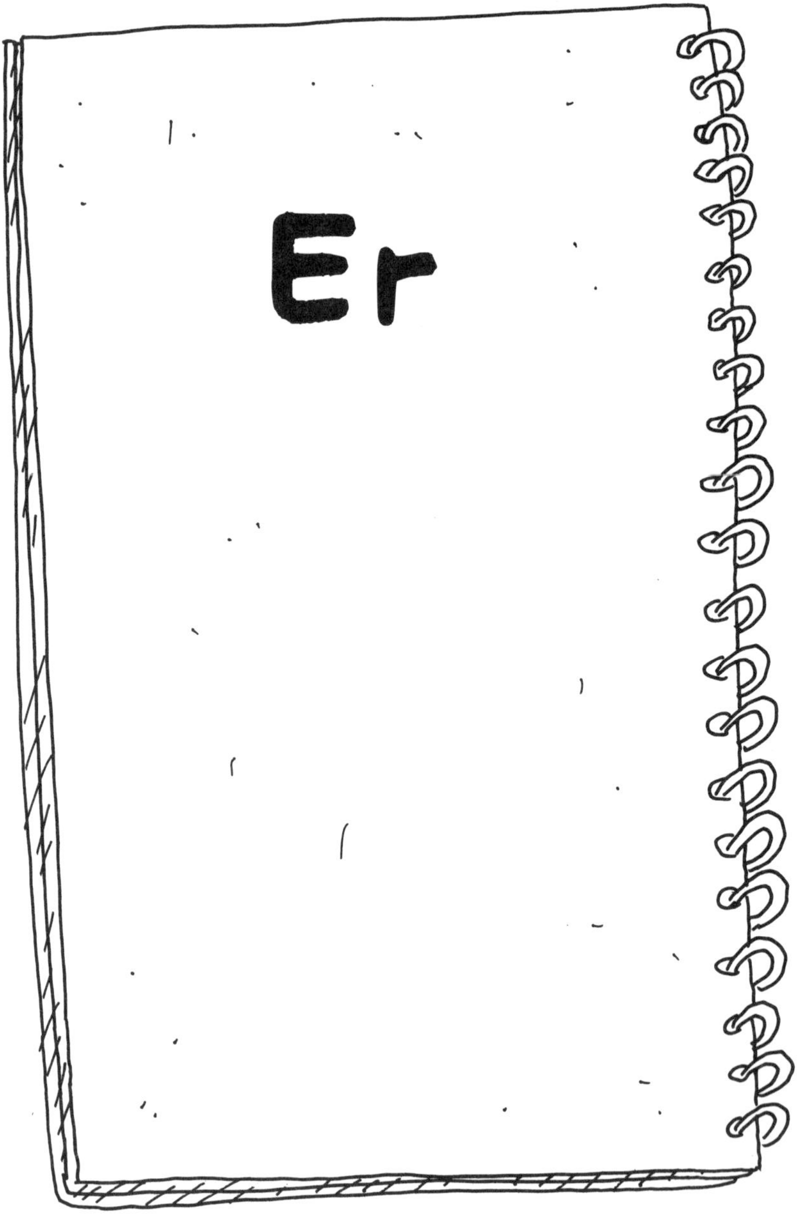
Er

was

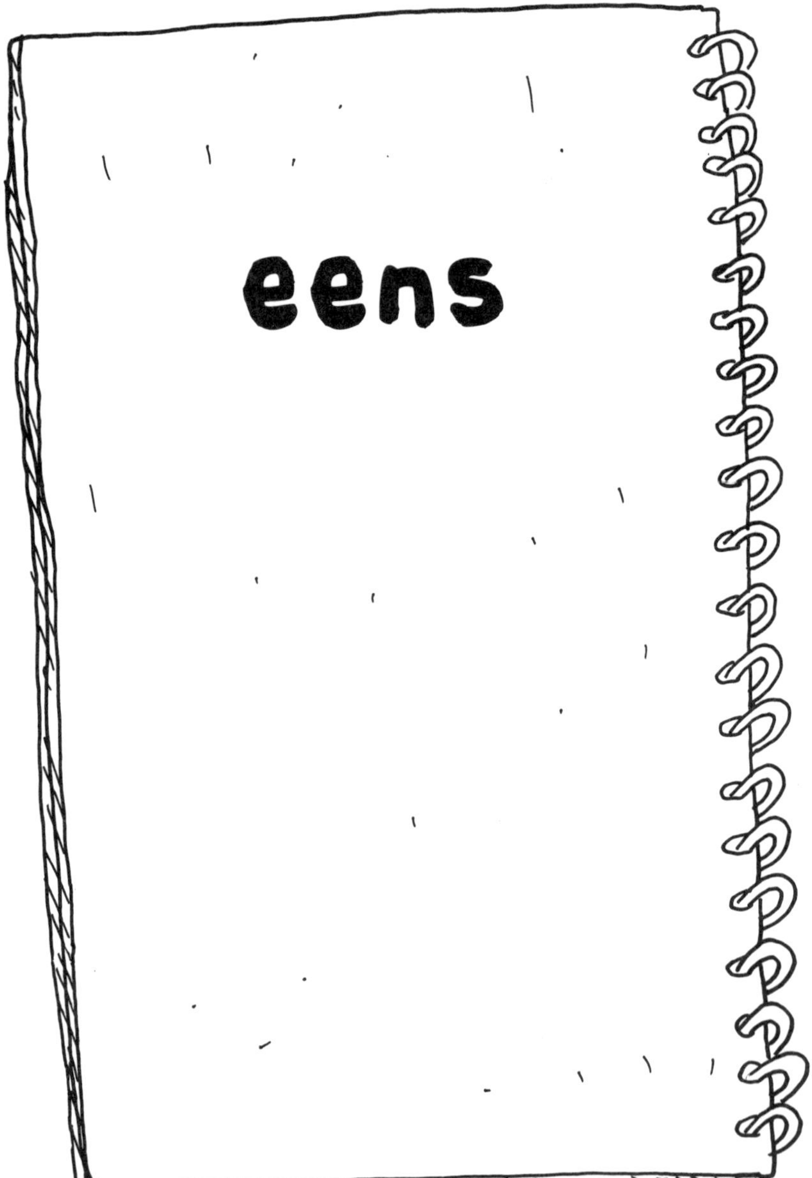
eens

oojt

‘Goed begin!’ zei Terry. ‘Nu al spannend! En wat gebeurt er hierna?’

‘Dat weet ik nog niet’, zei ik. ‘Zo ver ben ik nog niet.’

‘Dus dit is alles wat je hebt?’ vroeg Terry. ‘Vier woorden?’

‘Vier bladzijden’, zei ik.

‘Ja, maar nog steeds met maar vier woorden’, zei Terry. ‘En een ervan is ook nog verkeerd gespeld. Ik weet bijna zeker dat het “ooit” moet zijn en niet “oojt”.’

‘Neem me niet kwalijk, Meneer Roald Dahl!’ zei ik. ‘Als jij zoveel verstand hebt van verhalen schrijven, waarom doe je het dan niet zelf?’

‘Omdat mijn favoriete tv-programma nu begint!’ zei Terry.

'En ons boek dan?' zei ik.

'Dat kun je toch schrijven terwijl ik zit te kijken?'

'Nee, dat kan ik niet, want dan heb ik last van de tv! Dan kan ik me niet concentreren!'

'Weet je wat, we kijken allebei', zei Terry. Hij sloeg op de zitzak naast hem.

En dus zaten we daar in plaats van aan ons boek te werken een halfuur te verspillen aan de domste hond van de wereld in de domste tv-serie van de wereld.

En als je me niet gelooft, moet je zelf maar kijken!

HOOFDSTUK 6

BLAFFY DE BLAFFENDE HONDENSHOW

BLAF
BLAF
BLAF
BLAF
BLAF
BLAF
BLAF
BLAF
BLAF
BLAF
BLAF
BLAF
BLAF
BLAF
BLAF

BLAF
BLAF
BLAF
BLAF
BLAF
BLAF
BLAF
BLAF
BLAF
BLAF
BLAF
BLAF
BLAF
BLAF
BLAF

BLAF
BLAF
BLAF
BLAF
BLAF
BLAF
BLAF
BLAF
BLAF
BLAF
BLAF
BLAF
BLAF
BLAF
BLAF

EINDE

HOOFDSTUK 7

DE MONSTERMEERMIN

Snap je wat ik bedoel?

Dommere tv-programma's zijn er dus niet.

'Oké, Terry', zei ik, toen de uitzending eindelijk afgelopen was. 'En nu weer aan het werk.'

'Maar nu begint mijn op een na favoriete programma!' zei Terry. *'Brommy de Bromvlieg!'*

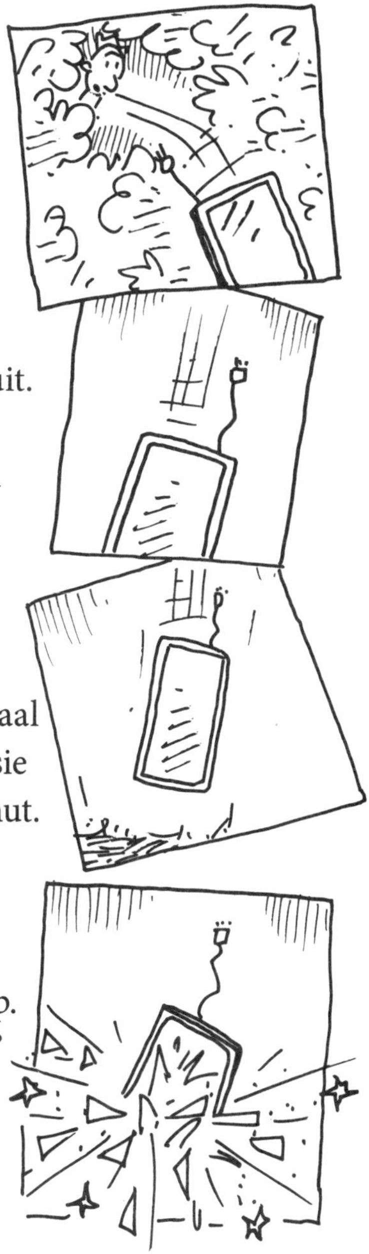

'Het begint helemaal niet', zei ik, en ik pakte de afstandsbediening en zette de televisie uit.

'Het begint helemaal wel', zei Terry. Hij graaide de afstandsbediening uit mijn hand en zette de televisie weer aan.

'Ik denk toch echt van helemaal niet', zei ik, en ik tilde de televisie op en gooide hem uit de boomhut. Hij landde met een flinke klap beneden op de grond.

Terry haalde zijn schouders op. Hij zei: 'Misschien heb je gelijk.'

‘Hé,’ hoorden we iemand schreeuwen, ‘ik kreeg hem bijna op mijn hoofd!’

Oeps.

Ik keek over de rand.

Dat was Bill, de postbode.

‘Sorry, Bill!’ zei ik. ‘Ongelukje.’

‘Geeft niet’, grinnikte Bill. ‘De post bezorgen bij een boomhut met 13 verdiepingen is altijd wel een avontuur. Is de jonge Terry daar? Ik heb hier een pakje voor hem.’

‘YES!’ zei Terry. Hij sprintte naar de ladder. ‘Ik kom eraan!’

Een paar minuten later kwam hij terug met een pakje.

'Mijn zeeapen!' schreeuwde hij, toen hij het open had gemaakt. 'Eindelijk zijn ze er!'

'Zeeapen?' zei ik. 'Waarom wil je die? We hebben al een aquarium vol met mensenetende haaien!'

'Maar zeeapen zijn stoer!' zei Terry. 'Ze hebben drie *ogen,* ze ademen door hun *voeten* en ze doen kunstjes en bouwen zeekastelen! Haaien kunnen dat allemaal niet... die *hebben* niet eens voeten! Ik ga mijn zeeapen meteen tot leven wekken!'

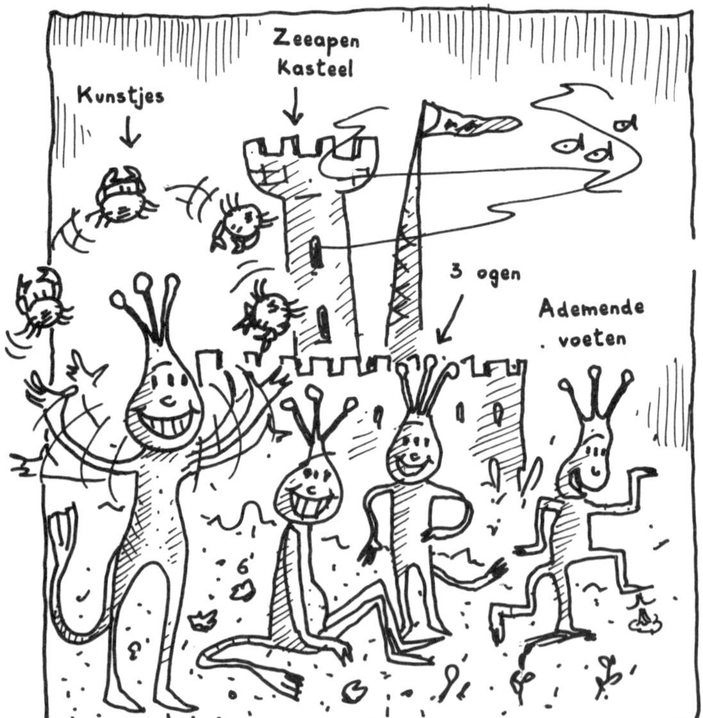

'Wacht even', zei ik. 'We moeten een boek schrijven, weet je nog?'

'Ik weet het', zei Terry. 'En ik beloof je dat ik meteen aan het werk ga nadat ik de zeeapen uit heb laten komen. Ze komen meteen tot leven. Ik hoef alleen maar water toe te voegen. Alsjeblieft. *Alsjeblieft?*'

'Oké dan,' zei ik, 'maar wel opschieten.'

'Tuurlijk!' zei Terry. Hij rende naar de lift. 'Ik ben zo terug.'

Ik wachtte een lange tijd...

en toen een heel lange tijd...

en daarna een *ontzettend* lange tijd...

maar hij kwam niet terug.

Uiteindelijk vond ik hem in ons geheime ondergrondse laboratorium.

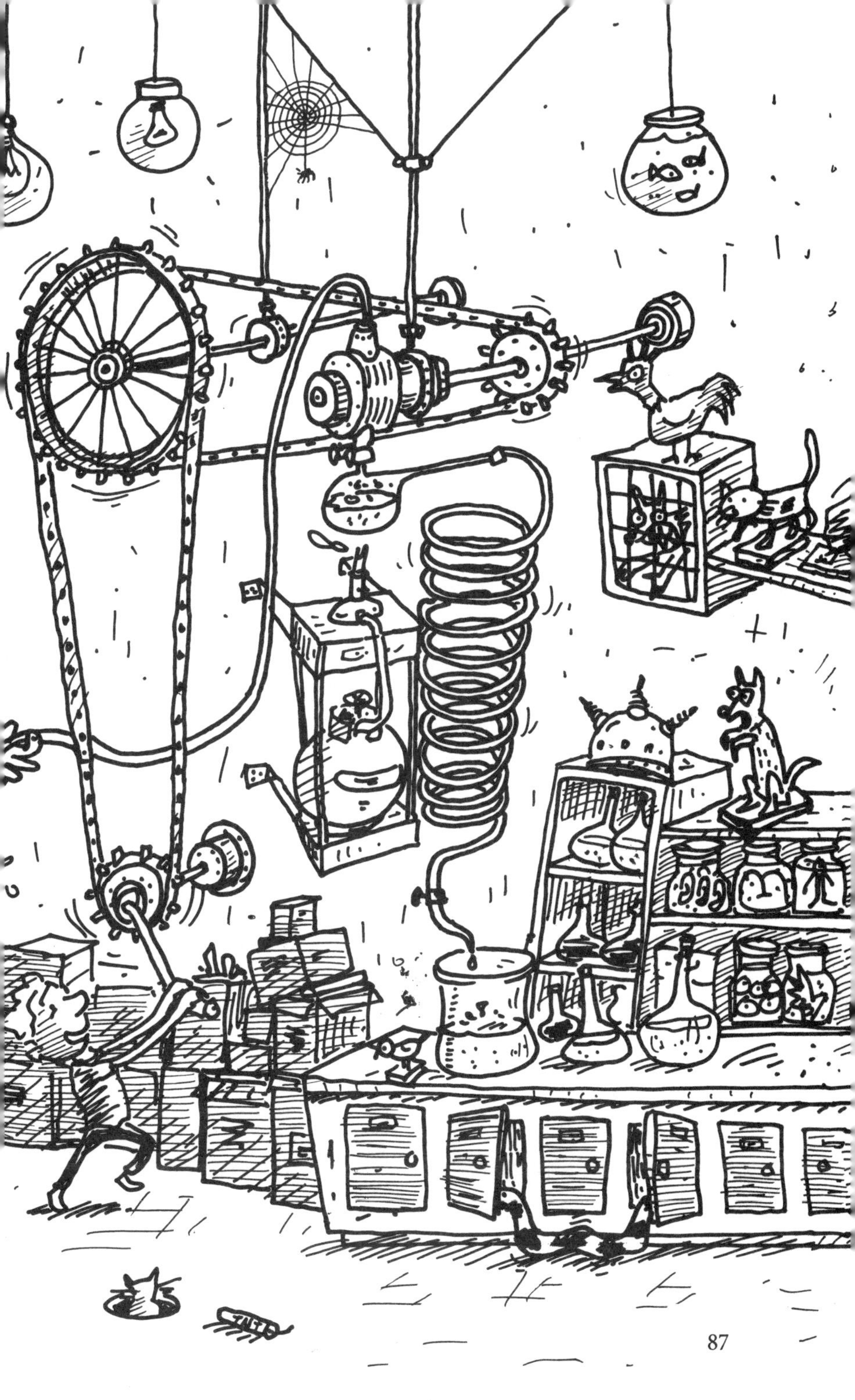

'Wat doe je?' vroeg ik. 'Ik dacht dat je alleen maar water bij de eieren hoefde te doen.'

'Klopt!' zei Terry. 'Ik ben net klaar met het maken van het apparaat waarmee ik de precieze hoeveelheid water kan afmeten. Als je te veel water gebruikt, kunnen de zeeapen verdrinken. Bij te weinig stikken ze.'

'Maar je zei dat de eieren meteen zouden uitkomen!' zei ik.

'Doen ze ook', zei Terry. 'Zodra ik er water bij heb gedaan. Pas op...'

Hij drukte op een knop en er druppelde water uit de machine. Druppel...

voor pijnlijk langzame druppel...

voor nog pijnlijker langzame druppel…

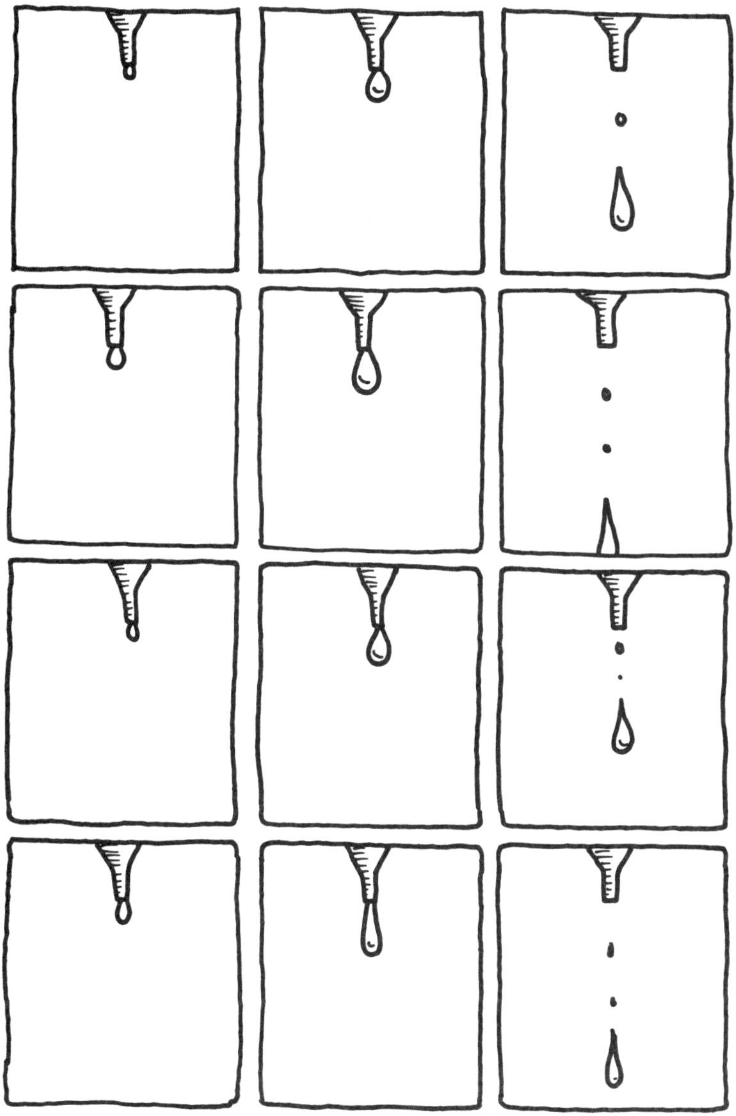

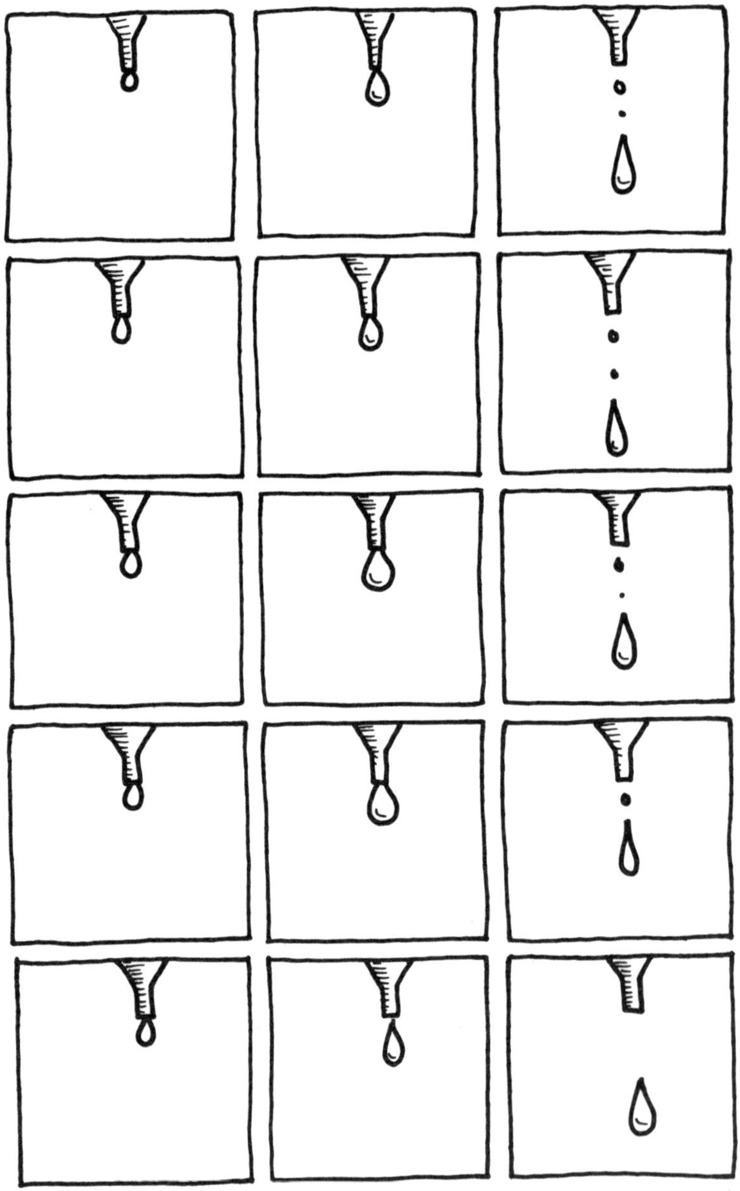

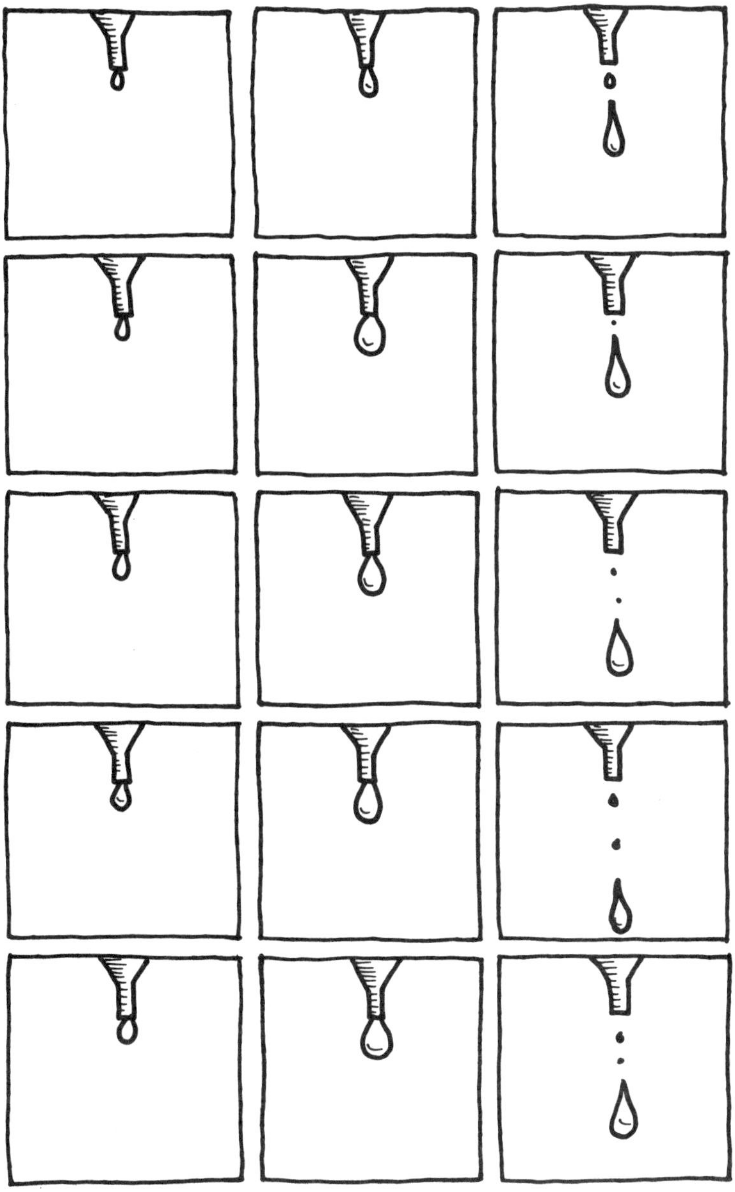

Een miljoen biljoen biljard pijnlijk langzame druppels later was het klaar.

'Eindelijk', zei ik. 'Nu snel de eieren erbij en dan kunnen we weer aan het werk.'

'Tuurlijk', zei Terry. 'Ik moet alleen het water nog even zuiveren.'

'Hoe lang duurt dat?' vroeg ik.

Terry keek op de verpakking. 'Vierentwintig uur.'

'Wat?!' zei ik. 'Dat is een hele dag!'

'Doe niet zo raar, Andy', lachte Terry. 'In een dag zitten toch geen vierentwintig uur.'

'O JAZEKER WEL!' schreeuwde ik. 'En als je denkt dat ik je nog meer tijd laat verspillen aan die stomme zeeapen, dan heb je een hoofd met erwtenhersens op sukkelformaat!'

HERSENS: KORTE UITLEG

(DEZE TEKENINGEN ZIJN NIET OP DE JUISTE SCHAAL.)

'Pas op wat je zegt, Andy', zei Terry. 'Er zitten kinderen te lezen.'

'Kan me niet schelen *wie* er zit te lezen', zei ik. 'Je gooit nu die zeeapen in het water, of anders duw ik die pot zo stevig over je hoofd dat hij er de rest van je leven niet meer af gaat. Zou je dat misschien willen?'

Terry dacht daar even over na.

HOE DE REST VAN MIJN LEVEN ZOU ZIJN MET EEN POT OP MIJN HOOFD.

Haar Kammen
Stomme pot.
Grrr!
Neus-peuteren
Nu mag u de bruid kussen.
Ha Ha
Trouwdag
Oude Terry
Stomme pot.
Ouderdom
Heel oude Terry
Stomme pot.
Bedtijd
Huilende oude Andy
Stomme pot.
Dode Terry
Terry
EINDE.

Uiteindelijk zei hij: 'Ik geloof niet dat ik dat zou willen. Ik denk dat we het water zuiveren wel kunnen overslaan en de eieren er meteen maar bijdoen.'

'Goed plan', zei ik.

Terry's hand trilde een beetje toen hij de zeeaapeieren in de pot liet glijden.

Hij schudde en hield hem tegen het licht.

'Gelukt!' schreeuwde hij. 'Ik ben een genie! Ik heb leven geschapen!'

Hij had gelijk.

Niet over dat hij een genie was, natuurlijk, maar er dobberden echt een hoop net uitgekomen zee-aapjes in de pot.

'Heel mooi', zei ik. 'Kunnen we nu weer aan het boek gaan werken?'

'Nog niet', zei Terry. 'Ik moet ze nog één afgestreken theelepel officieel zeeapen-groeivoedsel geven.'

Ik gromde. 'Houdt dat in dat je nu eerst een afgestreken-theelepel-officieel-zeeapen-groeivoedsel-afmeet-machine moet bouwen?'

‘Dat hoeft niet! Er zit een officieel zeeapengroeivoedsel-afmeetgereedschapje bij’, zei Terry.

Met een plastic lepeltje strooide hij zeeapengroeivoedsel boven in de pot.

Door dat voedsel ontstond een vreetfestijn. In elk geval voor een van de zeeaapjes. Het zwom er recht op af en voordat de anderen erbij konden, zoog het alle voedsel op.

‘Wat een lef!’ zei Terry.

‘Ik zou er nog maar wat in doen’, zei ik.

Terry mat nog een lepel voedsel af en strooide dat in de pot.

Weer vrat de inhalige zeeaap alles op…

en begon te groeien.

In een paar seconden werd hij twee keer zo groot en daarna nog eens twee keer. Daarna zwom hij rond in de pot en at *alle* andere zeeapen op!

Hij werd groter…

en groter…

en groter.

'Hij wordt te groot voor de pot!' zei Terry.

'Haal een kan!' zei ik. 'Een hele grote kan!'

Terry rende weg en kwam terug met de grootste kan die we hadden.

'Die moet groot genoeg zijn', zei hij, en hij goot de zeeaap uit de pot naar zijn nieuwe behuizing.

Maar de zeeaap bleef maar groeien. Hij was al gauw te groot voor de kan, dus we deden hem in een emmer. Maar ook daar groeide hij uit.

'Dit heeft geen zin', zei Terry. 'We hebben nog iets groters nodig!'

'Misschien het bad?' zei ik.

'Ik wist niet eens dat we een bad hadden!' zei Terry.

'Ja', zei ik. 'Daar had ik het nog met je over willen hebben. Het staat in de badkamer.'

'Ik wist niet eens dat we een badkamer hadden!' zei Terry.

'Pak die emmer nou maar en kom mee', zei ik.

GEVAAR

‘Die zeeaap ziet er een beetje *vreemd* uit!’ zei ik, toen we hem eindelijk in het bad hadden gekregen.

‘Dat is omdat ik geen zeeaap ben’, zei de zeeaap die er vreemd uitzag. ‘Ik ben een *meermin!*’

‘Een meermin?’ zei Terry. Hij keek erbij alsof hij bijna moest huilen. ‘Maar zeemeerminnen zijn voor *meisjes!* Ik had zeeapen besteld!’

'Dat is *mijn* schuld niet', zei de meermin. 'Misschien zijn de eieren door elkaar geraakt in de fabriek. Ik heet Meerminia, en jij?'

'Terry', zei hij.

'Wat een mooie naam voor een meerman', zei Meerminia.

'Ik ben geen meerman', zei Terry.

'O, ik dacht van wel', zei Meerminia. Ze bekeek Terry eens goed. 'Je bent er zeker knap genoeg voor.'

Terry giechelde en bloosde.

‘Hallo’, zei ik. ‘Ik ben Andy.’

‘Hm-m’, zei Meerminia, maar ze bleef maar naar Terry staren.

‘Ik woon hier ook’, zei ik.

‘Hm-m’, zei Meerminia. ‘Waarom ga je niet even ergens anders naartoe, Sandy? Terry en ik willen even alleen zijn.’

‘Ja’, zei Terry dromerig.

‘Maar ons boek dan?’ vroeg ik. ‘Wanneer doen we dat?’

Maar het had geen zin.

Geen van tweeën luisterde naar me. Ze staarden in elkaars ogen. Het was behoorlijk gênant, eerlijk gezegd.

Ik ging de badkamer uit en deed de deur achter me dicht. Maar ik kon nog steeds horen wat ze zeiden.

'Je bent zo lief',
zei Meerminia.
'Ik wou dat ik hier
bij je kon blijven!'

'Maar… dat kan toch?'
zei Terry.

'Helaas, nee',
zei Meerminia.
'Ik kan niet mijn hele leven
in een badkuip blijven.'

'We hebben een zwembad!' zei Terry. 'Het is doorzichtig! Daar kun je wonen!'

'Ik moet naar zee', zei Meerminia. 'Dat is mijn thuis.'

'O', zei Terry droevig.

'Erg, hè?' zei Meerminia. 'Maar waarom kom je niet mee? We kunnen op de bodem van de zee gaan wonen, in mijn zandkasteel met 13 verdiepingen!'

'Dat zou wel leuk zijn,' zei Terry, 'maar ik ben geen meerman. Ik kan niet ademhalen onder water.'

'Dat kunnen we oplossen', zei Meerminia. 'Als een mens en een meermin trouwen, wordt de mens een meerman… het enige dat we hoeven te doen om te gaan trouwen is zoenen.'

Ik had naar binnen moeten stormen om ze tegen te houden, maar ik wilde niet dat ze erachter kwamen dat ik ze af stond te luisteren. Het was trouwens toch al te laat. Ik huiverde toen ik het duidelijke geluid van een kus tussen een mens en een meermin hoorde.

‘O, lieveling,’ zong Meerminia, ‘ik ben zo gelukkig! Laten we meteen maar vertrekken!’

‘Oké’, zei Terry. ‘Ik moet alleen even tot ziens zeggen tegen Andy.’

‘Dat is goed, maar wel opschieten’, zuchtte Meerminia ongeduldig. ‘Ik weet niet hoe lang ik het nog uithoud in dit badwater.’

Ik verstopte me snel toen Terry uit de badkamer kwam.

Hij klom de ladder af en begon me te zoeken.

'Andy', riep hij. 'Ik moet je iets vertellen!'

Ik wilde net naar beneden gaan toen ik een vreemd gorgelend geluid uit de badkamer hoorde komen. Het klonk als Meerminia die aan het stikken was en ook al vond ik haar niet bepaald aardig, ik vond toch dat ik moest gaan kijken of het goed met haar was. Maar toen ik de badkamer binnenkwam, zag ik haar via de spiegel. En wat ik zag was absoluut *niet goed.* Het was eigenlijk heel vreselijk. Heel, heel vreselijk!

Meerminia was Meerminia niet meer. *Ze was een zeemonster geworden!*

Hoe weet ik zo zeker dat ze een zeemonster was? Nou, ze had een slijmerige zeemonsterhuid…

en slijmerige zeemonstertentakels…

en ze stonk slijmerig zeemonsterachtig.

Maar het was helemaal duidelijk toen ze zei: 'Badkamerspiegeltje aan de wand, wie is het gemeenste *zeemonster* van het land?' Dat gaf de doorslag.

Ken je dat, dat iets zo afgrijselijk is dat je er niet naar wilt kijken, maar je doet het toch? Dit was zo afgrijselijk dat ik mijn handcamera tevoorschijn haalde en begon te filmen!

Badkamerspiegeltje aan de wand, wie is het gemeenste zeemonster van het land?
Het mensje heeft niks in de gaten, ik heb hem weten te bepraten!
Hij denkt: ik ga met een meermin mee, wonen in een paleis in zee.
Dat dat niet klopt kan hij niet weten: hij wordt mijn eigen avondeten!

Ik lok hem mee, dat gaat me lukken, dan snijd ik hem daarna aan stukken.
Ja, ik trek hem uit elkaar en vreet hem op met huid en haar.
Ik eet zijn borst en buik en benen en zuig het merg uit zijn tenen.
Ik sla zijn erwten-hersens in, o, ik krijg zo'n SUPERZIN!

Toen ze uitgezongen was, werd het monster weer Meerminia en stapte terug de badkuip in. Ik stopte met filmen en rende weg om Terry te zoeken.

Hij was beneden, in de keuken.

De marshmallowmachine schoot marshmallows in zijn mond. Hij probeerde ze zo snel mogelijk door te slikken.

'Je mag drie keer raden, Andy', mompelde hij met volle mond.

'Eh, even denken… je bent met Meerminia getrouwd en nu ga je in een onderwaterzandkasteel van 13 verdiepingen wonen?'

Terry stond versteld. 'Hoe weet je dat?'

‘Ik heb alles gehoord’, zei ik. ‘En nog wel meer ook. Toen jij weg was, kwam ik erachter dat Meerminia helemaal geen meermin is… maar een zeemonster!’

‘Je liegt!’ zei Terry. ‘Je bent gewoon jaloers!’

‘Nee’, zei ik. ‘Je moet dit even bekijken!’

Ik drukte op de playknop van mijn cameraatje en gaf het aan hem.

'Smerig!' zei Terry. 'Wat moet ik nou doen?'

'Om te beginnen,' zei ik, 'moet je het uitmaken met haar. En wel meteen.'

'Ja, natuurlijk!' zei Terry. 'Maar wat als ze me probeert op te eten?'

'Rustig maar', zei ik. 'Ik maakte maar een grapje. Voorlopig hoef je niks te doen. Ze weet niet dat jij weet dat ze een zeemonster is...'

'Dat weet ik wél!' zei een gruwelijk gorgelende stem achter ons.

We draaiden ons om en zagen 'Meerminia' een slijmerig spoor door de keuken trekken, onze kant op.

'Ga weg!' zei Terry. Hij probeerde zich achter mij te verstoppen.

'Maar liefje, we zijn toch getrouwd?' zei ze, en ze bewoog haar verschrikkelijke gezicht naar Terry toe.

'Niet zoenen!' smeekte hij, met zijn ogen opengesperd van angst.

'Ik ga je niet *zoenen*', zei ze. 'Ik ga je *opvreten!* Net als dat afluistervriendje van je!'

'Maar ik wilde helemaal niks afluisteren!' zei ik. 'Kun je me niet alleen een waarschuwing geven… of een boete… of zo?'

'Dat zou ik kunnen doen', zei Meerminia. 'Maar ik ben zo hongerig. Als je zo lang opgesloten zit in een zeeapendoosje, dan krijg je *verschrikkelijke* trek!'

We deinsden achteruit, tot we helemaal tegen de lift aan stonden. Ik probeerde wanhopig om achter me de knop te vinden om de deur te openen, en ze slijmde intussen steeds dichter op ons af.

Eindelijk vond ik hem. De deur gleed open en we tuimelden achterwaarts de lift in.

Meerminia brulde toen de deur weer dichtzoefde.

'Pfiew!' zei Terry. 'Ik ben blij dat dat voorbij is.'

'Ben je gek?' zei ik. We daalden af naar het laboratorium. 'Dat was nog maar de eerste ronde!'

'Wat moeten we nu dan doen?'

'Eh...' zei ik, 'misschien een stomme vraag, maar werkt die bananenvergroter van jou ook andersom?'

'Je bedoelt als een bananen*verkleiner?*' zei Terry. 'Ja, hoor. Dat is een kwestie van het omkeren van de polariteit... maar hoe kunnen gekrompen bananen ons helpen om tegen een zeemonster te vechten?'

'Dat kunnen ze niet', legde ik uit, terwijl de liftdeur openging en we in het laboratorium stonden. 'En we gaan niet tegen een zeemonster *vechten.* We gaan het *verkleinen!* Maar je moet snel zijn. Je echtgenote kan elk moment hier zijn.'

'Noem haar nou niet zo!' zei Terry. Hij rende naar de vergroter.

Ik hoorde hoe de lift omhoogging naar het hoofddek. Meerminia had op de knop gedrukt. Dat betekende dat ze elk moment hier beneden kon zijn.

'Zeemonsterverkleiner klaar voor actie!' zei Terry.

'Precies op tijd!' zei ik.

We gingen zo dicht bij de lift staan als we durfden. De deur schoof open en Meerminia sopte de kamer in.

'Daar zijn jullie!' gorgelde ze. 'Mijn domme echtgenoot en zijn sukkelige vriendje! Mensen zijn zo zielig.'

'En jij bent een uitgegroeide zeeaap!' schold ik terug. We liepen voorzichtig achteruit door het lab en hoopten dat ze ons zou volgen.

'Ik ben geen *zeeaap*', gilde ze, terwijl ze naar ons toe slijmde. 'Ik ben een *zeemonster!* En omdat je me uit loopt te schelden zal ik jou het eerst opeten.'

'Nee, hoor', zei ik.

'Ja, hoor', zei ze. Ze tikte met het puntje van een van haar stinkende, zwarte tentakels tegen het puntje van mijn neus.

‘Nee, zeker weten van niet!’ riep ik. Ik sprong opzij en schreeuwde: ‘Terry! Nu!’

Terry vuurde de verkleiner af en richtte de stralen recht op haar kop.

Meerminia gilde van woede, maar ze begon onder onze ogen te krimpen.

'IK KRIMP!' riep ze, en ze werd kleiner en kleiner en kleiner.

Al snel was ze niet veel groter – en niet veel gevaarlijker – dan een pepermuntje. Ze lag tussen ons in op de grond te razen met haar dunne, hoge stemmetje.

'Dat was de slechtste zeeaap die ik ooit heb gezien!' zei Terry. 'Ik zou haar eigenlijk moeten terugsturen naar de fabriek.'

'We sturen haar inderdaad terug', zei ik. 'Maar niet naar de fabriek. We gooien haar terug in zee. En dat doe ik dan maar meteen. Tenzij jij het liever wilt doen?'

'Nee', zei Terry. 'Dat vind ik toch te moeilijk.'

'Oké', zei ik. Ik pakte haar op met een pincet, gooide haar in de wc-pot en trok door. Twee keer. Voor de zekerheid.

Toen ik het toilet uit kwam, zag ik dat Terry een traan wegveegde.

'Ik probeer me voor te stellen hoe je je voelt', zei ik. Ik sloeg mijn arm om zijn schouders. 'Maar bekijk het eens van de vrolijke kant.'

'Welke vrolijke kant?'

'Nu kunnen we weer verder met ons boek!'

HOOFDSTUK 8

DE GROTE BUBBEL

We namen de lift naar het hoofddek en gingen aan tafel zitten.

'Oké,' zei ik, 'waar waren we? O ja... We waren bij "Er was eens ooit." Even denken... Er was eens ooit een... een... help nou even, Terry! Er was eens ooit een... een *wat?*'

'Een *maaktnietuit*', zuchtte Terry. 'Het kan me niks schelen. Ik kan toch niet werken. Ik ben te verdrietig. Ik weet dat Meerminia een zeemonster was, maar toen ze een meermin was, vond ik haar echt leuk.'

'Wil je een marshmallow?' zei ik. 'Zou dat helpen? Ik kan de machine gaan halen.'

'Neuh', zei Terry. 'Ik heb geen zin in marshmallows.'

'Misschien heb je gewoon eens iets anders nodig', zei ik. 'Een beetje popcorn of zo?'

Terry haalde zijn schouders op.

'En zullen we het dan klaarmaken zonder het deksel erop?' zei ik.

Terry haalde weer zijn schouders op.

'Goed.'

Ik gooide een hele zak met maiskorrels in de popcornmachine en zette hem aan.

We wachtten…

en wachtten…

en wachtten…

en net toen we dachten dat ze nooit meer zouden poffen……….. POFTEN ZE OPEENS!

We renden rond en vingen popcorn op in onze mond tot we niet meer konden.

'Wat een geweldig plan was dat, Andy!' zei Terry. 'Maar nu heb ik echt *zo'n* dorst!'

'Dat lossen we op met limonade', zei ik. 'Ik zet de fontein aan.'

Had ik al verteld dat we een limonadefontein hebben? Goed, die hebben we dus. Hij ziet eruit als een gewone fontein, maar dan met limonade in plaats van water. In alle smaken die je wilt: rood, oranje, citroen, cola of tutti frutti (dat is alles door elkaar).

We zaten een hele tijd in de limonadefontein. En als ik zeg 'een hele tijd', dan bedoel ik een tijd die waarschijnlijk veel langer was dan verstandig.

'Oeps, sorry', zei Terry. Hij deed zijn hand voor zijn mond.

Maar voor ik iets kon terugzeggen, boerde ik zelf nog harder.

'Oeps, *ook* sorry', zei ik.

Daarna boerde Terry, weer wat harder.

'Dat klinkt alsof je je een stuk beter voelt', zei ik.

'*Veel* beter, ja', zei Terry. 'Nu heb ik alleen nog maar wat kauwgom nodig!'

Hij klom uit de limonadefontein, ging naar de kauwgommachine, rolde een lange strook kauwgom af en propte die in zijn mond.

'Mmm, heerlijk', mompelde Terry, al kauwend. 'Hé Andy, ik krijg opeens een superidee. Kijk!'

Terry kauwde en boerde…

en boerde en kauwde…

en blies en boerde…

en boerde en blies…

tot hij de grootste bubbel geblazen had die ik ooit heb gezien. De bubbel was zo groot dat ik Terry niet eens meer kon zien.

'Stop maar!' zei ik. 'Hij wordt te groot!'

Maar Terry kon me al niet meer horen, omdat de bubbel zo groot was geworden dat die helemaal om hem heen was gegroeid! Terry zat *in* zijn eigen met boergas gevulde kauwgombubbel!

Terry zweefde rond in zijn bubbel en riep: 'Hé, dit is leuk!'

'Voorzichtig', zei ik.

'Waarom? Er kan toch niks misgaan?' zei hij.

Maar toen begon hij hoger en hoger te zweven.

'HELP!' riep hij.

Toen hij nog hoger vloog en van de boomhut weg begon te zweven, riep ik: 'Hou vol! Ik kom je redden!'

Ik sprong naar de liaan die het dichtstbij hing en zwaaide zo ver als ik kon om de bubbel te vangen. Mijn zwaai was goed, maar niet goed genoeg. Ik sloeg met mijn hand in de lucht en Terry dreef nog verder weg, hoger en hoger de lucht in.

Ik kon nog maar één ding doen. Ik pakte mijn golfstokken en rende naar het uitkijkdek. Dit leek me een goed moment om mijn golfslag te oefenen… en meteen ook maar Terry's bubbel kapot te maken.

Ik deed mijn best, maar het lukte niet meteen bij de eerste slag…

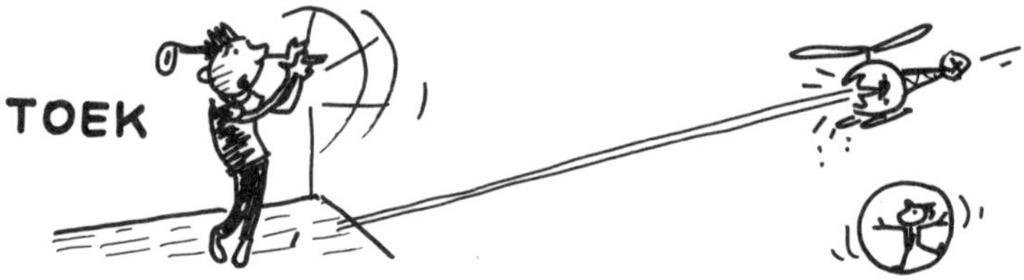

en ook niet bij de tweede slag…

en zelfs niet bij de derde…

maar de vierde slag was raak!

De bubbel spatte uit
elkaar, wat
tegelijk goed
en niet goed was.
Goed omdat
Terry niet langer
gevangen zat
in een bubbel
met boergas,
maar *niet goed*
omdat hij nu
naar beneden
stortte
zonder parachute…
en zelfs zonder…
valhelm.

Maar gelukkig wist de marshmallowmachine wat hij moest doen. Die begon met een supersonische snelheid marshmallows af te vuren en binnen de kortste keren lag er een geweldig marshmallowkussen op de grond onder Terry.

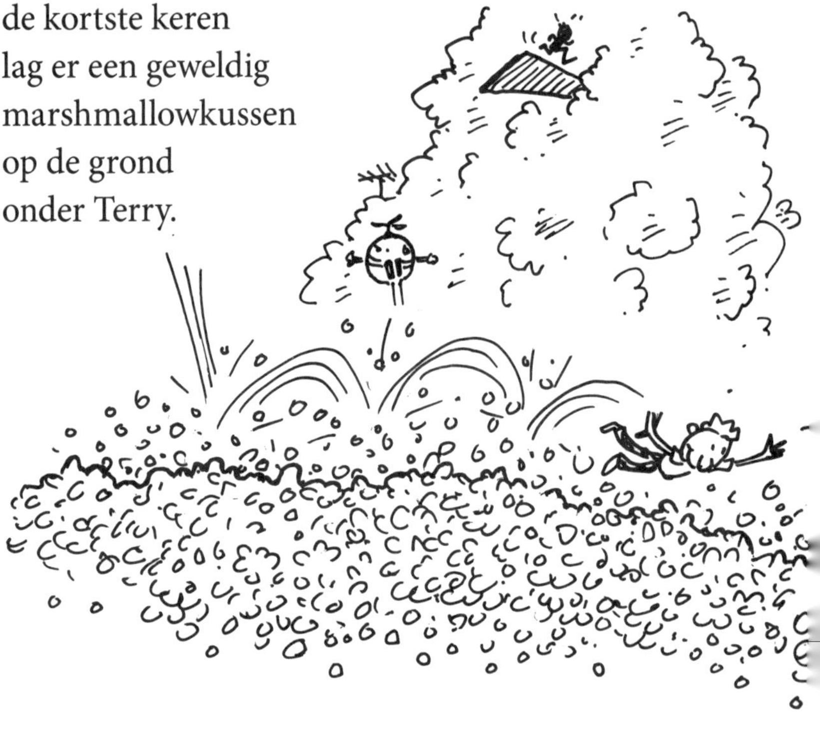

Hij landde er precies middenin en stuiterde een paar keer voor hij stil kwam te liggen. Het zag er nogal grappig… of eigenlijk… *ontzettend* grappig uit.

Ik hielp Terry uit de berg met marshmallows en stofte hem zo'n beetje af.

'Dat was het leukste dat ik *ooit* heb meegemaakt!' zei hij grijnzend. 'Moet je ook eens proberen!'

'Graag,' zei ik, 'maar we moeten een boek schrijven, weet je nog wel?'

'O ja', zei Terry. 'Vergeten.'

We namen de lift terug
naar het hoofddek.
Goed. Klaar nu.
Geen afleiding meer.
Geen smoesjes meer.
Geen vliegende katten meer,
geen gevechten met
reuzenbananen,
geen blaffende honden,
namaakmeerminnen,
gemene zeemonsters,
popcornfeestjes, geen
limonadegesproei meer,
geen kauwgombubbels
gevuld met boergas
en geen marshmallow-
trampolines...
nu gingen we werken
aan ons boek.

We gingen weer aan tafel zitten.

‘Waar waren we?’ zei ik.

‘“Er was eens *oojt*”, volgens mij’, zei Terry.

‘Grappig, hoor’, zei ik. ‘Even denken… Er was eens ooit een… *wat?*’

‘Een vinger!’ zei Terry.

‘Een vinger?’ zei ik.

‘Ja!’ zei Terry.

‘Waarom doen we *jouw* beginnetje niet bij mijn beginnetje? Dus dan wordt het: “Er was eens ooit… een vinger.” Maar dan maken we er geen gewone vinger van – dan maken we er een *super*vinger van! Kijk, zo.’

'Dat is krankzinnig!' zei ik.

'Oh', zei Terry. Hij keek teleurgesteld.

'Zo krankzinnig dat het weleens iets kan worden!' zei ik.

'Waar wachten we dan nog op?' zei Terry vrolijk. 'Kom op!'

Daar zaten we dan. Ik schreef. Terry tekende. Het begon al ergens op te lijken, zoals je kunt zien...

HOOFDSTUK 9

ER
WAS
EENS
OOJT
EEN
VINGER

MAAR HET WAS GEEN GEWONE VINGER...
HET WAS EEN
SUPERVINGER!
MIJN NAAM IS SUPERVINGER EN IK GA UW PROBLEMEN TE LIJF MET VINGERMATIGE OPLOSSINGEN
SF
Wat is dat in de lucht?
Is het een middelvinger?
Is het een duim?
Nee, het is SUPERVINGER!

SUPERVINGER HIELP DE HULPELOZEN
Verrek! Ik krijg dit pakje niet dicht... Had ik maar een extra vinger!
IK LOS DIT KNOPEN-PROBLEEM VOOR U OP.
Bedankt, Super-vinger!

HIJ HIELP DE VERDWAALDEN...
Dit heeft geen zin, zo vinden we de uitgang nooit... WE ZIJN VERDWAALD!
De uitgang is DAAR.
Dank u wel voor het wijzen van de juiste richting, Supervinger.

HIJ HIELP ZELFS DIEGENEN VAN WIE DE NEUSGATEN VERSTOPT ZATEN
Als mijn vinger een klein beetje langer was, dan kon ik deze vervelende obstructie uit mijn neus verwijderen.
Lekker!
GEEN ZORGEN! IK ZORG DAT JE WELDRA WEER VRIJELIJK ADEM KUNT HALEN!
Bedankt, Supervinger.

IEDEREEN HIELD VAN SUPERVINGER!
MEEST GELIEFDE SUPERHELD TER WERELD
Milt Boy
Pinkje, Supervingers trouwe hulpje
WE HOUDEN VAN JE, SUPER-VINGER!
EN OOK VAN JOU, PINKJE!

OP EEN DAG WAS SUPERVINGER OP ZOEK NAAR NIEUWE PROBLEMEN DIE VINGERMATIGE OPLOSSINGEN BEHOEFDEN, TOEN HIJ EEN OPENLUCHTROCKCONCERT HOORDE.
Dat klinkt behoorlijk luid. Eens zien of ik iemands oren dicht moet houden.

HIJ VLOOG DICHTERBIJ EN ZAG DAT ZIJN FAVORIETE GITARIST OP HET PODIUM STOND. JIMI HANDRIX.
Ik ben gek op Jimi Handrix! Zijn handen hebben de superste vingers die er zijn!

MAAR AL GAUW MERKTE SUPERVINGER DAT JIMI IN DE PROBLEMEN ZAT. HIJ WAS EEN GITAARSOLO BEGONNEN DIE ZO GEWELDIG WAS DAT HIJ TE WEINIG VINGERS HAD OM HEM AF TE MAKEN!
Had ik maar een extra vinger! Dan speelde ik deze geweldige gitaarsolo pas echt de hoogte in.

DAT LIJKT ME
EEN KLUSJE VOOR
SUPERVINGER!!
S

SUPERVINGER VLOOG NAAR HET PODIUM EN LANDDE ONDERSTEBOVEN OP EEN VAN DE SNAREN VAN JIMI'S GITAAR.
Zo, Jimi! Ik geloof dat dit de noten waren die je zocht!
Bedankt, Supervinger! Wat een eer om met jou te mogen spelen!

HET PUBLIEK WERD GEK!
Hup Jimi!
Hup Supervinger!

SUPERVINGER EN JIMI JAMDEN DE HELE DAG DOOR EN OOK NOG EEN GROOT GEDEELTE VAN DE NACHT. IEDEREEN WAS HET EROVER EENS DAT DIT HET BESTE CONCERT WAS DAT DE WERELD OOIT HAD GEHOORD.
Supervinger is de beste!

Supervingers trouwe hulpje Pinkje op de tamboerijn
Jij ook, Jimi!
En Pinkje ook!

HOOFDSTUK 10

HET APENHUIS MET 13 VERDIEPINGEN

‘En, wat vind je ervan?’ zei ik.

‘Het is geweldig!’ zei Terry. ‘Het is het beste verhaal dat we dit jaar hebben gemaakt!’

‘Het is het enige verhaal dat we dit jaar hebben gemaakt’, zei ik. ‘Kom, dan verzinnen we er nog eentje.’

We wilden net weer gaan beginnen toen de deurbel ging.

'Hé, Terry!' riep Bill. 'Nog een pakketje voor jou!'

'Mooi!' zei Terry. 'Dat zullen mijn vervangende zeeapen wel zijn!'

'Vervangende?' zei ik.

'Ja', zei Terry. 'Ik heb met het zeeapenbedrijf gebeld en verteld wat er gebeurd is. Toen zeiden ze dat ze nieuwe eitjes zouden sturen. En dat het hen speet.'

'Dat het *hen* speet?' zei ik. 'Het zal *jou* spijten als je opnieuw een zeemonster krijgt!'

Maar Terry luisterde niet. Hij was al op weg naar de voordeur.

Ik wachtte een tijdje, maar Terry kwam niet terug. Hij was waarschijnlijk meteen naar het lab gegaan om nieuwe zeeapen te maken.

Dus ging ik ook maar naar beneden, en ja, hoor, daar was hij.

'Het is gelukt!' zei hij.

Hij hield een pot tegen het licht.

'Dit zijn absoluut zeeapen!'

'Gefeliciteerd', zei ik. 'Ben je nu blij?'

Terry haalde zijn schouders op. 'Niet echt. Zeeapen zijn eigenlijk helemaal niet zo interessant.'

'Laat dan maar', zei ik. 'We gaan weer aan het werk.'

Maar zodra we aan onze tafel aan het volgende verhaal wilden beginnen, hoorden we een harde knal.

'Wat was dat?' zei Terry.

'Geen idee', zei ik. 'Maar zo te horen kwam het uit het lab.'

We sprongen op en renden naar de lift. Toen de liftdeur naar het lab openschoof, belandden we in een enorme chaos. Er waren overal apen en ze sloegen alles kort en klein.

Z

Ze slingerden en sprongen en renden door het hele laboratorium heen achter elkaar aan. Het lawaai was oorverdovend.

'O nee!' zei Terry. 'Ik hoop dat mijn zeeapen veilig zijn!'

'Dit zijn jouw zeeapen!' riep ik. Ik wees naar de lege pot op de vloer. 'Het zijn alleen geen zeeapen – het zijn *apen*-apen! Die stomme fabriek heeft je weer de verkeerde eieren gestuurd!'

'Maar ik *haat* apen!' zei Terry.

'Ik haat ze nog meer', zei ik.

'Ze nemen de lift!' zei Terry.

'Geweldig', zei ik. 'Dan gaat de rest van de boomhut nu ook aan flarden!'

We zagen hoe de deur dichtschoof en daarna hoe de lift omhoogschoot naar het hoofddek.

In de tijd die de lift nodig had om terug naar beneden te komen en ons mee te nemen, hadden de apen op elke verdieping van onze boomhut al een complete ravage aangericht.

Er zaten apen op de bowlingbaan!

Er zaten apen in de badkamer!

Er zaten apen in het zwembad!

Er zaten apen in de keuken!

Er zaten apen op het uitkijkdek!

De apen zaten *overal!*

Ik riep: 'Kijk uit!'

Een stelletje apen reed op de marshmallow-machine recht in onze richting en begon marshmallows naar ons hoofd te schieten.

Tegelijkertijd kwam er een ander groepje apen aan een liaan naar ons toegeslingerd.

'Duiken!' riep ik.

We doken naar de grond.

De apen aan de liaan botsten tegen de apen op de marshmallowmachine.

Apen en marshmallows en onderdelen van de marshmallowmachine vlogen alle kanten op.

Maar daar gaven die apen blijkbaar niks om. Ze smeten alles wat ze konden vinden naar ons toe.

‘Wat moeten we doen, Andy?’ vroeg Terry.

‘In elk geval *geen* nieuwe zeeapen bestellen!’ zei ik.

‘Ja, maar wat dan wel?’

‘Ze knotsen met de reuzenbanaan?’ stelde ik voor. Ik wees naar een plek op de vloer naast Terry. ‘Hij ligt daar.’

‘Je zei toch: omdat zij iets ergs doen, hoef jij het toch niet te doen?’ zei Terry.

‘Dat geldt niet als het om apen gaat!’

Terry raapte de reuzenbanaan op, hield hem vast alsof het een slaghout was en begon alle marshmallows, pennen, potloden, gummetjes, penselen, verfpotten en apendrollen die naar ons toe werden gegooid, terug te knotsen. En daarna sloeg hij alle apen uit de boom.

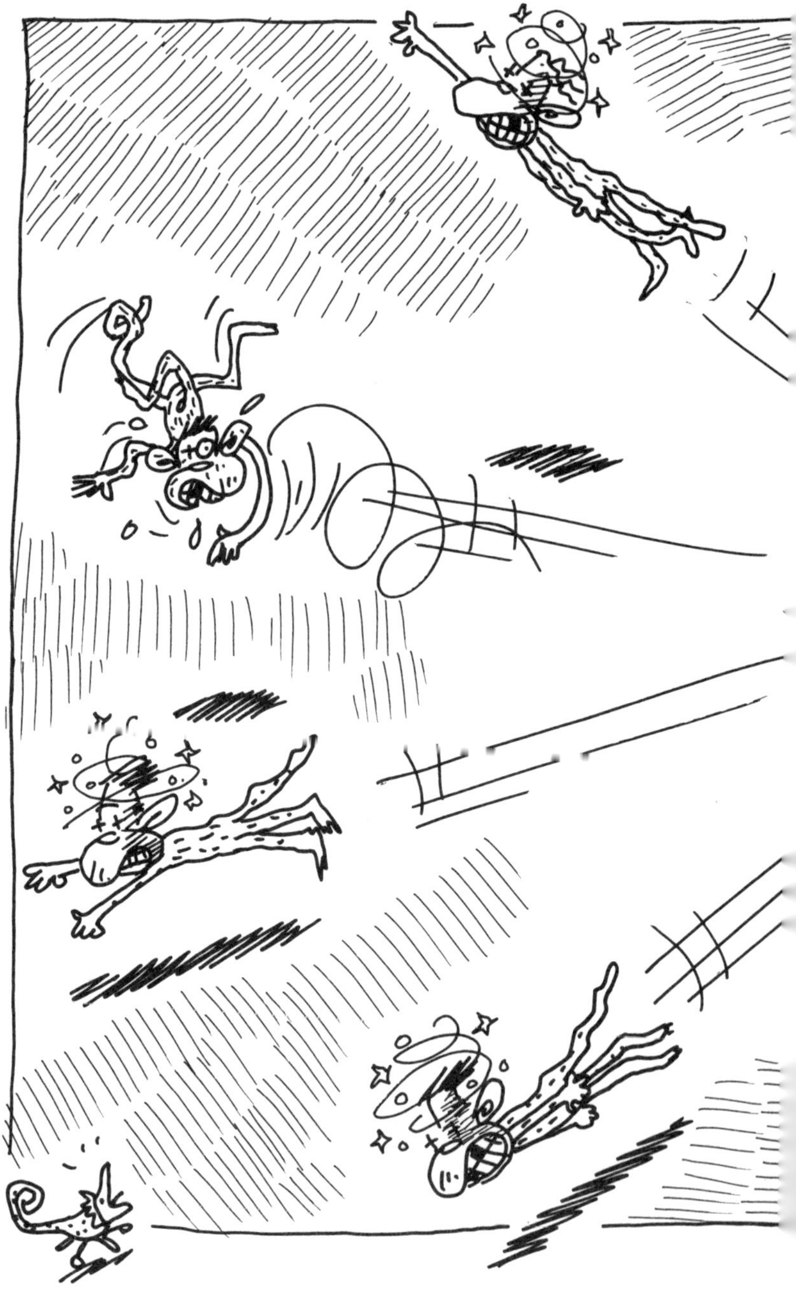

Maar toen gebeurde er iets geks. Hoe hard Terry de apen ook de boom uit sloeg, ze klommen net zo snel weer terug. Maar niet om de boel verder te gaan vernielen… Ze kwamen naar Terry kijken. Of, om precies te zijn, ze kwamen naar de reuzenbanaan kijken. Terry zwaaide met de banaan en meer en meer apen gingen stilletjes voor hem zitten.

'Waarom zitten ze daar zo?' zei Terry.

'Het lijkt wel alsof ze zitten te *genieten* van de banaan', zei ik. 'Zwaai hem nog maar een paar keer heen en weer… Ik denk dat je ze staat te hypnotiseren.'

Binnen de kortste keren waren alle apen in de ban van de reuzenbanaan van Terry.

Hij vroeg: 'En wat moet ik nu dan doen?'

'Leid ze naar helemaal boven in de boom', zei ik, 'en stop ze dan in de reuzenkatapult.'

'Natuurlijk!' zei Terry. 'Dat ik daar zelf niet aan dacht!'

'Dat deed je eigenlijk wel', zei ik.

Oorspronkelijk had Terry de reuzenkatapult ontworpen als vuilnisverwerker, maar daar konden we hem niet meer voor gebruiken, omdat we klachten kregen van de buren.

We gebruikten hem vroeger om elkaar te pesten…

maar tegenwoordig gebruiken we hem meestal om van ongewenste boomhutgasten af te komen… in dit geval: *apen!*

Ik liep achter Terry aan. Hij lokte de apen naar boven in de boom en ik hielp hem om de apen in de katapult te krijgen.

'Leg die reuzenbanaan er ook maar in', zei ik. 'Anders komen ze hem hier weer zoeken.'

Terry bond de banaan aan de gehypnotiseerde apen. 'Oké', zei hij.

'Mooi', zei ik. 'Klaar voor vertrek.'

De enorme arm van de katapult smeet de apen en de reuzenbanaan omhoog,

en omhoog,

en omhoog de lucht in, naar ergens ver,

ver

weg.

‘Het is ons gelukt!’ zei Terry.

‘Ja!’ zei ik. ‘Nu kunnen we ons boek af gaan maken!’

HOOFDSTUK 11

DE REUZENGORILLA

Maar voordat we verder konden werken aan ons boek moesten we eerst de troep opruimen die de apen hadden gemaakt.

Eindelijk, na ongeveer een miljoen biljoen biljard jaren, was alles weer normaal en konden we aan het werk.

Ik was net klaar met het schrijven van de woorden 'Er was eens oojt', en Terry was net klaar met zeggen dat ik 'oojt' weer eens verkeerd had geschreven, toen de tafel begon te schudden.

'Zit niet aan die tafel te schudden!' zei ik.

'Dat doe ik niet', zei Terry. '*Jij* zit aan de tafel te schudden.'

'Ik zit niet aan de tafel te schudden!' zei ik, en toen begon de boomhut te zwiepen.

'Zit de boomhut niet zo te zwiepen!' zei Terry.
'Ik zit de boomhut niet te zwiepen', zei ik. 'Volgens mij zit *jij* de boomhut te zwiepen.'
'Ik doe niks', zei Terry. 'Maar die reuzengorilla daar volgens mij wel.'

‘Maar waarom zou een reuzengorilla aan onze boom komen schudden?’ zei ik.

‘Weet ik veel’, zei Terry. ‘Het is niet eens een bananenboom.’

‘Natuurlijk!’ zei ik. ‘Ik snap het! Die gorilla denkt wél dat dit een bananenboom is. Een *reuzen*bananenboom!’

‘Huh?’ zei Terry.

‘Dat is toch logisch!’ zei ik. ‘De reuzenbanaan die we weggekatapulteerd hebben is natuurlijk op een of ander ver tropisch eiland terechtgekomen…

… en die reuzengorilla woont daar dus

en die heeft de reuzenbanaan gevonden en daarna opgegeten…

en hij vond hem zo lekker dat hij van de reuzenschil een boot heeft gemaakt…

en hij heeft zijn reuzenneusgaten opengezet om de bananengeur achterna te gaan…

en nu schudt hij aan onze boom omdat hij denkt dat het een *reuzenbananenboom* is.'

'Lijkt me een beetje vergezocht', zei Terry. 'Al die moeite vanwege één banaan?'

'Een *reuzen*banaan', zei ik. 'Met extra reuzenbananensmaak.'

En op dat moment hoorden we het overduidelijke geluid van een reuzengorilla die in een boot van reuzenbananenschil de oceaan was overgestoken op zoek naar reuzenbananen.

'Je kon weleens gelijk hebben', zei Terry. 'Het zou in elk geval verklaren waarom hij hier aan onze boom staat te schudden. Maar wat doen we nu?'

'Hem meer reuzenbananen geven, natuurlijk!' zei ik.

'Kan niet!' zei Terry. 'De apen hebben de bananenvergroter vernield!'

'Kun je hem niet repareren?'

'Misschien wel, maar dat duurt te lang!' zei Terry. 'Hij ligt helemaal uit elkaar!'

'Maar we moeten echt iets doen,' zei ik, 'anders schudt hij onze hele boomhut kapot!'

‘BANAAAAN!’ brulde de reuzengorilla. ‘BANAAAAN!’

‘We hebben hier geen bananen!’ schreeuwde Terry. ‘Nou ja, eerst wel, maar nu niet meer!’

‘BANAAAAN!’ brulde de gorilla.

‘Dit heeft geen zin’, zei ik. ‘Ik denk niet dat hij behalve “banaan” nog andere woorden kan zeggen.’

En toen, net op het moment dat we dachten dat de dag niet nog gekker kon worden, stopte er een witte verlengde limousine voor onze deur en stapte er een chauffeur in uniform uit, die op onze voordeurbel drukte.

Ik riep: 'We zijn hierboven!'

'Wie van u is Terry?' vroeg de chauffeur.

'Dat ben ik!' zei Terry.

'Mooi,' zei de chauffeur, 'dan doet het mij plezier u mee te delen dat u met uw tekening van Blaffy op het strand de eerste prijs hebt gewonnen in de Blaffy de Blaffende Hond-tekenwedstrijd.'

‘O, wat spannend!’ zei Terry. ‘En wat win ik dan?’

‘Een ontmoeting met Blaffy’, zei de chauffeur.

‘Wanneer?’ vroeg Terry.

‘Nu!’ zei de chauffeur, en hij opende een van de portieren van de limousine.

‘Dit is geweldig!’ zei Terry. ‘Blaffy is hier! Ik mag hem in het echt ontmoeten en hij gaat ons én de boomhut redden!’

‘Hoe zou hij dat dan precies moeten doen?’ zei ik.

‘Door te blaffen natuurlijk!’ zei Terry.

Op dat moment sprong Blaffy uit de limousine en begon tegen de reuzengorilla te blaffen.

Hij blafte,

en blafte

en blafte.

En toen tilde de reuzengorilla een van zijn reuzenpoten op en stampte hem plat.

We zagen hoe de chauffeur Blaffy opschepte en hem naar de limo bracht.

'Denk je dat hij het overleeft?' vroeg Terry.

'Nou ja, hij blaft nog steeds', zei ik.

'Ik heb hem niet eens echt ontmoet', zuchtte Terry.

In de tussentijd ging de gorilla gewoon verder met het schudden aan onze boom, en hij deed het nu zelfs nog harder.

'Andy,' zei Terry, 'dit gaat niet goed. Zelfs Blaffy kon ons niet redden. Wat moeten we doen?'

'Afscheid nemen van de boomhut', zei ik, 'en teruggaan naar het apenhuis. Zonder de boomhut hebben we geen woning en ook geen werkplek.'

'Ik *haat* apen', zei Terry. '*En* reuzengorilla's.'

'Het is eigenlijk wel jouw schuld', zei ik. 'Dit was allemaal niet gebeurd als jij geen zeeapen besteld had en niet met een reuzenbanaan was gaan spelen.'

Maar Terry luisterde niet meer naar me.

Hij keek naar de lucht.

'Hoor je dat ook?' zei hij.

'Bedoel je het geluid van een reuzengorilla die een boomhut in puin wil slaan?' zei ik. 'Ja, hoor, dat komt helder en duidelijk door.'

'Nee', zei Terry. 'Het geluid van een vliegende kat. Het is Zoetje! Ze is er weer! En ze heeft versterking meegenomen!'

HOOFDSTUK 12

DE DAG DAT ZOETJE ER EEN MOOIE DAG VAN MAAKTE

Ik keek naar boven. Terry had gelijk!

Vliegende katten!

Een hele troep vliegende katten… 13, om precies te zijn, met Zoetje aan kop!

Ze vlogen in formatie, het leken wel gevechtsvliegtuigen.

‘Geweldig’, zei ik. ‘Een reuzengorilla was zeker nog niet genoeg. Nu worden we ook nog aangevallen door een bende vliegende katten.’

‘Hoe weet je dat ze ons komen aanvallen?’ zei Terry. ‘Misschien zijn ze ook wel op zoek naar reuzenbananen.’

‘Katten eten geen bananen!’ zei ik. ‘Dat weet de hele wereld. Trouwens, ze zien er niet hongerig uit, maar kwaad.’

'Misschien zitten ze achter de gorilla aan', zei Terry. 'Moet je kijken hoe bang hij is!'

Terry had gelijk. De gorilla schudde niet meer aan de boom. Hij staarde naar de katten en zijn haren gingen rechtop staan. Hij brulde, maar dat leek de katten niet te deren. Ze kwamen duidelijk op de gorilla af.

We zetten ons schrap voor een 13-katten-en-een-reuzengorilla-botsing.

Maar die kwam er niet.

Op het allerlaatste moment verdeelden de katten zich in twee groepen, ze vlogen links en rechts langs de gorilla en schoten door naar hoog boven de boom, waar ze in een dreigend cirkeltje bleven zweven.

En toen klom de gorilla in onze boom.

'Daarboven zijn geen reuzenbananen!' schreeuwde Terry. 'Dat zeiden we net ook al!'

Ik zei: 'Volgens mij gaat het hem nu niet meer om de bananen. Hij denkt dat hij zo bij de katten kan komen.'

De gorilla klom…

en klom…

en klom…

totdat hij aankwam bij het topje van de boom. Hij roffelde op zijn borst en brulde naar de vliegende katten, die hem nog steeds bleven aanvallen en pesten.

De katten doken
naar beneden…

en de gorilla probeerde
ze te grijpen.

Af en toe sloeg de gorilla een van de katten naar de grond, maar ze kwamen steeds op hun pootjes terecht en stegen dan snel weer op om verder te vechten.

Uiteindelijk waren de 13 furieus vliegende katten te sterk voor de gorilla. Hij wankelde, viel uit de boom...

en belandde met een zompige bonk op de grond.

Maar de vliegende katten waren nog niet klaar met de gorilla. Voor hij overeind kon komen doken ze naar beneden, duwden hun klauwen diep in zijn vacht, tilden hem op en droegen hem weg.

BA-NAAAAN

'En toen maakten Zoetje en haar vrienden er toch nog een mooi dagje van!' zei Terry. 'En als ik haar niet in een vliegende kat veranderd had, dan lag onze boomhut nu in diggelen!'

Ik wilde nog zeggen dat hij en zijn zeeapen en die stomme reuzenbanaan er ook voor gezorgd hadden dat de boomhut bedreigd was geraakt, maar net op dat moment werd er aan de deur gebeld.

'Nee!' zei ik. 'Niet *nog meer* zeeapen! Terry? Terry!'

Maar Terry gaf geen antwoord meer. Hij was al weg.

HOOFDSTUK 13

EINDE

Ik rende achter Terry aan, want ik wilde voorkomen dat hij weer een troepje boomhutbedreigende, wat zeg ik, levensbedreigende eieren ging uitbroeden.

Maar het was niet postbode Bill die voor de deur stond.

Het was Jill.

Zij had gehold. Ze hijgde. Ze zei: 'Was dat Zoetje die ik daarnet uit jullie boomhut zag wegvliegen met een reuzengorilla?'

'Ja', zei Terry.

Ik gaf hem een elleboogstoot. 'Hij bedoelt nee', zei ik.

'O ja, klopt', zei Terry. 'Ik bedoel nee.'

Jill fronste. 'Ik weet vrij zeker dat dat Zoetje was.'

'Maar Zoetje is toch wit?' zei ik. 'Die katten waren allemaal geel. En ze vlogen. Kan Zoetje vliegen? Dat heb je niet op je poster gezet.'

‘In *normale* omstandigheden kan ze dat ook niet’, zei Jill. ‘Maar een van die katten was Zoetje. Dat weet ik zeker. Ik herken haar altijd en overal. En jullie tweeën weten iets, dat voel ik. Dus als ik jullie was, zou ik maar eens beginnen met vertellen…’

‘Sorry, sorry!’ zei ik. ‘Maar het was Terry’s schuld. Hij had Zoetje geel geverfd en in een kanarie veranderd, of eigenlijk in een katnarie, en toen vloog ze weg! Het spijt me echt heel, *heel* erg.’

‘Een *katnarie?*’ zei Jill. ‘Terry heeft Zoetje in een *katnarie* veranderd?’

‘Ja, en zoals ik al zei, ik wilde hem nog tegenhouden…’

‘Maar gelukkig heb je dat niet gedaan!’ zei Jill.

‘Huh?’ zei ik. ‘Vind je het niet erg dan?’

‘Helemaal niet!’ zei Jill. ‘Het is juist geweldig. Ik wilde altijd al een kanarie hebben, maar ik was bang dat Zoetje hem zou opeten. Maar nu heb ik een vliegende kat en dat is twee in één. Dank je wel, Terry!’

‘Graag gedaan’, zei Terry. ‘En als je nog wat andere dieren veranderd wilt hebben, dan weet je waar je moet zijn.’

‘Bedankt’, zei Jill. ‘Dat zal ik onthouden. Maar nu moet ik naar huis om wat vogelzaad neer te leggen voor Zoetje en haar nieuwe vriendjes.’

Toen ze weg was, klapte Terry in zijn handen.

'Alles is dan toch nog behoorlijk goed afgelopen, vind je niet?'

'Misschien', zei ik. 'Behalve dan...'

'Wat?'

'DAT

WE

NOG STEEDS

GEEN BOEK

HEBBEN

GESCHREVEN!'

‘Schreeuw niet zo, Andy’, zei Terry. ‘Dat komt allemaal wel goed.’

‘Op wat voor manier gaat dat in vredesnaam goed komen?’ zei ik. ‘We hebben nog altijd geen boek en we moeten het morgen al inleveren. Hoe krijgen we voor die tijd alle verhalen verzonnen en daarna ook nog opgeschreven en geïllustreerd?’

'Simpel', zei Terry. 'Want we hoeven niks te verzinnen. We hebben net een bijzonder interessante dag beleefd. Het enige wat ons te doen staat is alles opschrijven en er tekeningen bij maken en dan hebben we een boek!'

Kijk, over het algemeen ben ik slimmer dan Terry, maar heel soms krijg ik het gekke gevoel dat hij veel slimmer is dan ik.

Ik zei: 'Dat is een krankzinnig idee.'

'O.' Terry zuchtte teleurgesteld.

'Krankzinnig goed', zei ik.

'Ah, waar wachten we dan op?' zei Terry. 'Aan de slag!'

En dus gingen we zitten en we schreven en tekenden…

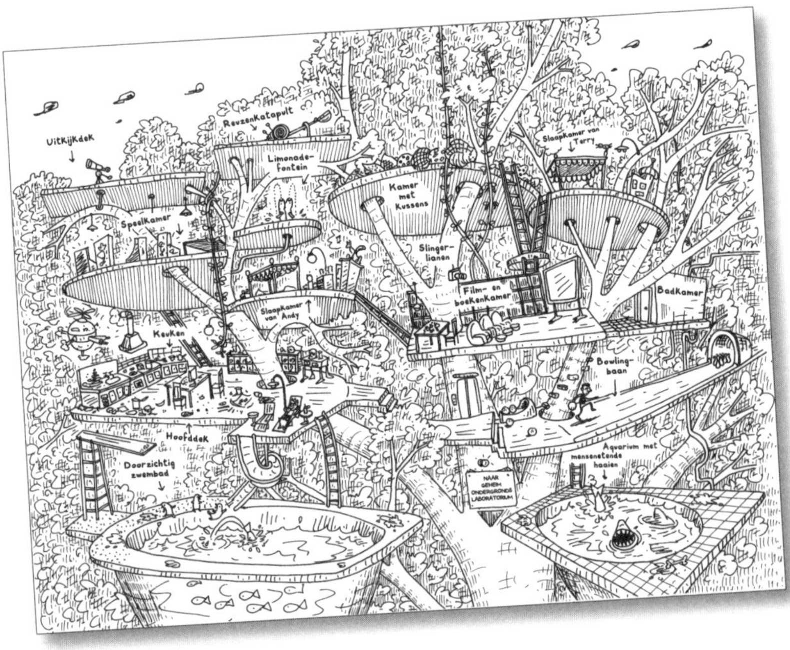

en tekenden…

Ik begon Terry uit te leggen dat je een kat niet in een kanarie kunt veranderen door haar lichtgeel te schilderen, maar hij zei alleen maar: 'Jawel, hoor. Kijk maar!' en droeg de druipende kat naar de rand van het dek.
Ik riep: 'Nee!' maar Terry hield de kat al in de lucht… en liet haar vallen.

28

Ik had me geen zorgen hoeven te maken. De kat viel niet. Er plopten twee kleine vleugeltjes uit haar rug en daarna floot ze even en vloog ervandoor.

'Zie je wel?' zei Terry triomfantelijk. 'Ik zei het toch?'

29

en schreven...

HOOFDSTUK 3

DE VERMISTE KAT

We volgden de kat... ik bedoel kanarie... nee, eigenlijk bedoel ik, geloof ik, *katnarie*... tot we haar niet meer konden zien. Toen ging de deurbel.

32

Daar stond Jill, onze buurvrouw. Ze woont aan de andere kant van het bos in een huis vol met dieren. Ze heeft twee honden, een geit, drie paarden, vier goudvissen, één koe, zes konijnen, twee cavia's, één kameel, één ezel en één kat.

33

en schreven…

Zodra Jill weg was, draaide ik me naar Terry om en zei: 'We *moeten* die kat vinden!'
'Je bedoelt *kanarie*', zei Terry.
'Maakt niet uit!' zei ik. 'We moeten haar vinden.'
Maar voordat we zelfs maar konden beginnen met zoeken ging onze videofoon. (Ja, die hebben we ook. En hij is 3D!)
'Daar zul je Zoetje hebben', zei Terry.
'Doe niet zo stom', zei ik. 'Katten kunnen niet bellen.'
'Misschien wel, hoor', zei Terry. 'Jij zei dat ze niet in een kanarie konden veranderen en toen vergiste je je ook.'

38

HOOFDSTUK 4

DE GROTE RODE NEUS

We raceten weer naar boven. Op het scherm van de videofoon zagen we een grote rode neus.
Oh-oh. Dat was Meneer Grootneus, onze uitgever.
En hij was boos. Dat kon je zien aan zijn neus, die nog groter – en roder – was dan normaal.

39

en tekenden…

'Nee,' zei ik, '*dat* is geen banaan. *Dit* is een banaan!'
Ik pakte de reuzenbanaan die Terry de dag ervoor had gemaakt en begon uit te halen.

'Leg die reuzenbanaan neer, Andy', zei Terry.
Hij deed een stap naar achteren.
'Ik leg hem neer,' zei ik, 'als jij toegeeft dat ik een betere tekenaar ben dan jij.'
'Maar dat ben je helemaal niet.'
'Oké,' zei ik, 'dan spijt het me je te moeten meedelen dat ik je een knots op je kop ga verkopen.'

60

'Niet als ik jou eerst ga knotsen!' zei Terry, en hij griste de banaan uit mijn handen en gaf me een klap op mijn hoofd.

Toen werd alles zwart.

61

en tekenden…

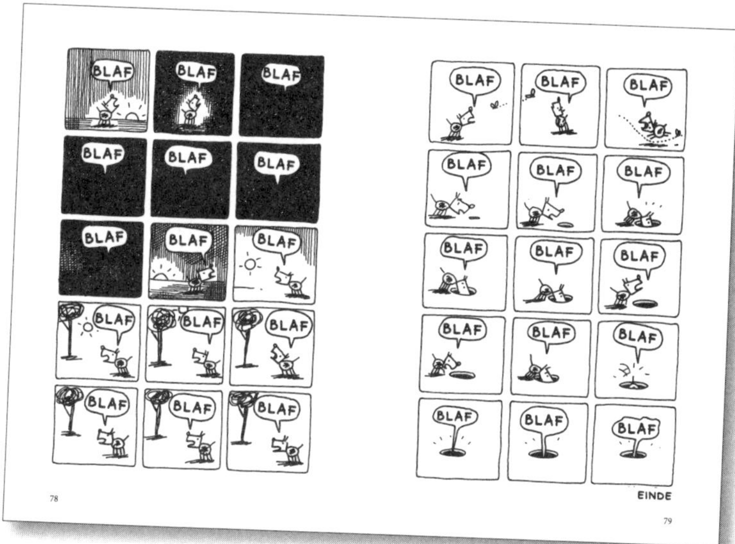

en schreven…

We gingen zo dicht bij de lift staan als we durfden. De deur schoof open en Meerminia sopte de kamer in.

'Daar zijn jullie!' gorgelde ze. 'Mijn domme echtgenoot en zijn sukkelige vriendje! Mensen zijn zo zielig.'

'En jij bent een uitgegroeide zeeaap!' schold ik terug. We liepen voorzichtig achteruit door het lab en hoopten dat ze ons zou volgen.

'Ik ben geen *zeeaap*', gilde ze, terwijl ze naar ons toe slijmde. 'Ik ben een *zeemonster!* En omdat je me uit loopt te schelden zal ik jou het eerst opeten.'

'Nee, hoor', zei ik.

'Ja, hoor', zei ze. Ze tikte met het puntje van een van haar stinkende, zwarte tentakels tegen het puntje van mijn neus.

122

'Nee, zeker weten van niet!' riep ik. Ik sprong opzij en schreeuwde: 'Terry! Nu!'

Terry vuurde de verkleiner af en richtte de stralen recht op haar kop.

Meerminia gilde van woede, maar ze begon onder onze ogen te krimpen.

123

en tekenden…

Daarna boerde Terry, weer wat harder.
'Dat klinkt alsof je je een stuk beter voelt', zei ik.
'*Veel* beter, ja', zei Terry. 'Nu heb ik alleen nog maar wat kauwgom nodig!'
Hij klom uit de limonadefontein, ging naar de kauwgommachine, rolde een lange strook kauwgom af en propte die in zijn mond.

134

'Mmm, heerlijk', mompelde Terry, al kauwend. 'Hé Andy, ik krijg opeens een superidee. Kijk!'
Terry kauwde en boerde…

en boerde en kauwde…

135

en schreven…

154

155

en schreven…

en tekenden…

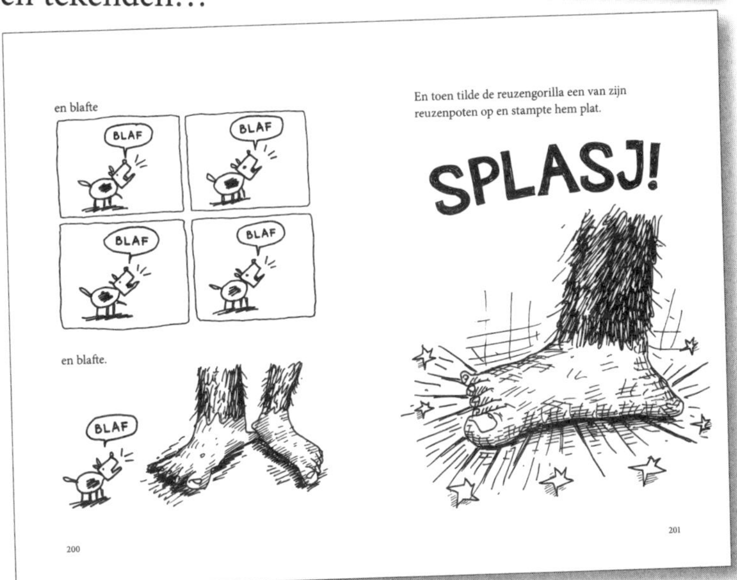

en tekenden…

en tekenden…

tot de volgende dag
kwart voor vijf.

'Het is ons gelukt!' riep ik.

'Maar het is kwart voor vijf!' zei Terry. 'Hoe krijgen we het op tijd bij Meneer Grootneus? Het moest om vijf uur binnen zijn… dat redden we *nooit!*'

'Jawel, hoor', zei ik.

'Hoe dan?'

'Geen idee,' zei ik, 'we verzinnen wel iets.'

234

En toen hoorden we het.

Een tingelend geluid.

Terry sprong op. 'De Kerstman!' zei hij. 'We moeten onze sokken ophangen, dan kan hij er cadeautjes in stoppen, snel, snel!'

'Maar het is helemaal geen kerst!' zei ik. 'Het is niet eens winter!'

Maar toen liepen we naar de rand van het dek en zagen dit:

235

tot de volgende dag
kwart voor vijf.

'Het is ons gelukt!' riep ik.

'Maar het is kwart voor vijf!' zei Terry. 'Hoe krijgen we het op tijd bij Meneer Grootneus? Het moest om vijf uur binnen zijn… dat redden we *nooit!*'

'Jawel, hoor', zei ik.

'Hoe dan?'

'Geen idee,' zei ik, 'we verzinnen wel iets.'

En toen hoorden we het.

Een tingelend geluid.

Terry sprong op. 'De Kerstman!' zei hij. 'We moeten onze sokken ophangen, dan kan hij er cadeautjes in stoppen, snel, snel!'

'Maar het is helemaal geen kerst!' zei ik. 'Het is niet eens winter!'

Maar toen liepen we naar de rand van het dek en zagen dit:

Jill kwam naar ons toe gevlogen in een kinderwagen die voortgetrokken werd door Zoetje en de andere vliegende katten.

'Ik heb een vliegende-katten-slee!' zei ze. Ze hing in de lucht naast ons dek. 'Ritje maken?'

'Kan niet', zei ik. 'We hebben het druk. We proberen een manier te vinden om ons boek voor vijf uur in de stad bij Meneer Grootneus te krijgen.'

'Ik breng jullie wel', zei Jill. 'Die vliegende katten zijn razendsnel. Kom op, stap in!'

En dat deden we.

GROOTNEUS
BOEKEN

En zo kregen we het boek op tijd bij Meneer Grootneus…

en toen gaf hij het uit…

en het werd naar de boekwinkels gebracht…

naar bibliotheken…

naar e-book readers…

en het werd zelfs direct in de hersenen van een paar mensen getransplanteerd door middel van hersendirecte informatie-overdracht-technologie-helmen*...

*Hersendirecte informatie-overdracht-technologie is een hersendirect informatie-overdracht-systeem dat technisch zo geavanceerd is dat Terry en ik het nog niet uitgevonden hebben.

en toen las jij het
en toen leefden we allemaal
nog lang en gelukkig!*

*Tenzij je leven natuurlijk dramatisch ingekort werd doordat je hersenen gefrituurd raakten door een prototype van een van onze hersendirecte informatie-overdracht-technologie-helmen.

De Kat op de mat
De koe die
Gewoon voor de gek
Gewoon Klierig
Gewoon stom
Gewoon raar!
Gewoon smerig
Gewoon schokkend
Het slechte boek
Het ERG slechte boek
Gewoon Macbeth
Welke BILLOSAURUS is dat?
Welk LICHAAMSDEEL is dat?

EINDE

www.lannoo.com

Alle rechten voorbehouden. Niets uit deze uitgave mag worden verveelvoudigd, opgeslagen in een geautomatiseerd gegevensbestand en/ of openbaar gemaakt in enige vorm of op enige wijze, hetzij elektronisch, mechanisch of op enige andere manier zonder voorafgaande schriftelijke toestemming van de uitgever.

Registreer u op onze website en we sturen u regelmatig een nieuwsbrief met informatie over nieuwe boeken en met interessante, exclusieve aanbiedingen.

41ste druk, 2020
© Uitgeverij Lannoo nv, Tielt, 2013
ISBN 978 94 014 0932 2
D/2013/45/344
NUR 283

Oorspronkelijke titel *The 13-Storey Treehouse*
© Oorspronkelijke uitgever Pan Macmillan Australia, Pty Limited, 2011
Text copyright © Backyard Stories Pty Ltd 2011
Illustrations copyright © Terry Denton 2011
© Nederlandse editie Uitgeverij Lannoo nv, Tielt, 2013
Vertaling Edward van de Vendel

Van dezelfde auteurs: